恋する殺人者

倉知淳

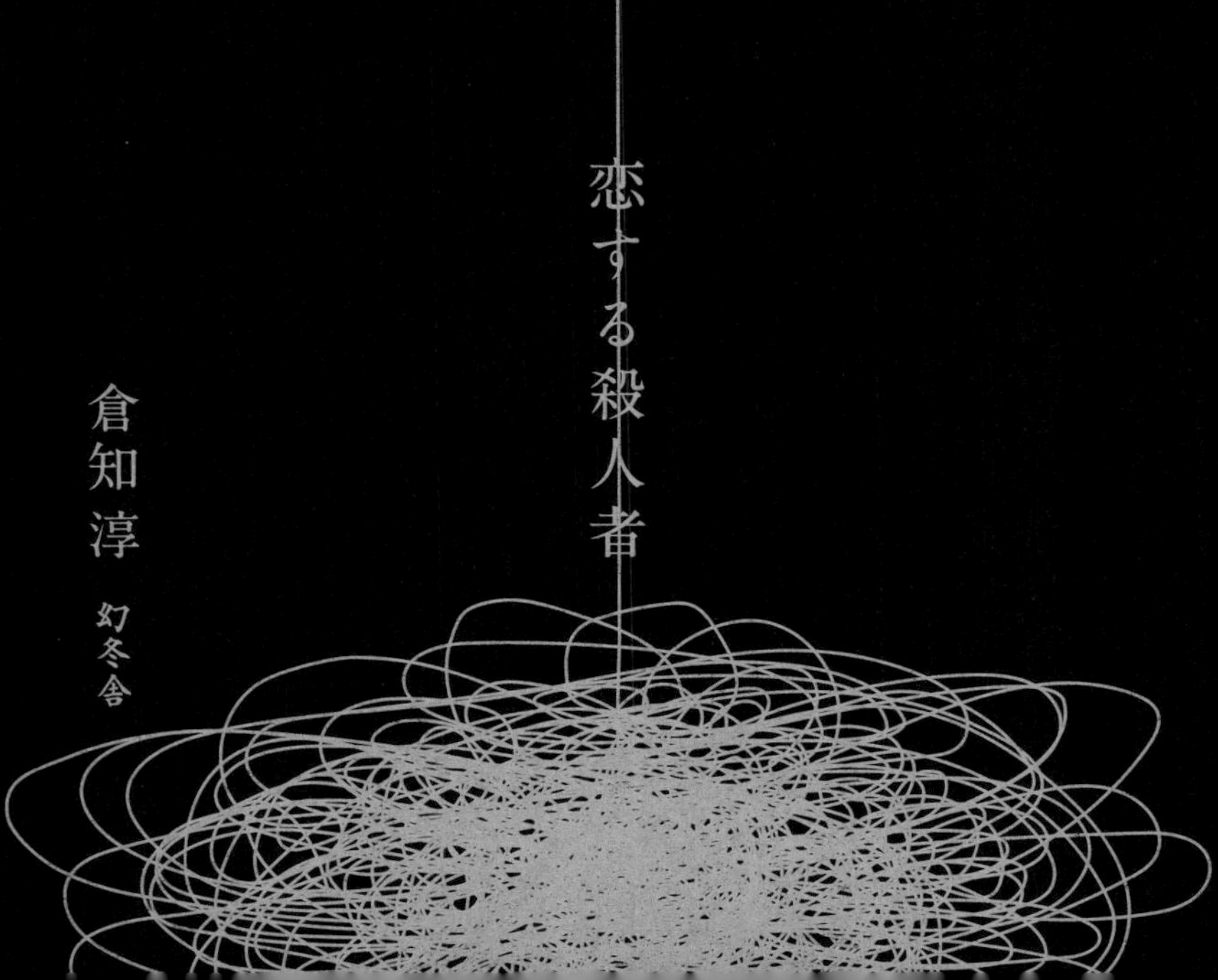

幻冬舎

恋する殺人者

〝しかと見極めるが良い
そなたの目を曇らせている物の正体を〟

J・K・イーストレイク
『その猫はしばしば危険』（天野蛾尊・訳）より

「でもね、高文《たかふみ》くん、真帆子《まほこ》ちゃんのあれは事故だったたって話じゃないの」

牧京香《まききょうか》先生はそう云って、首を傾げた。

「この前来た警察の人もそんなふうな口ぶりだったたし、新聞にも事故の可能性が高いとか何とか書いてあったでしょう」

「あくまでも可能性ということだけです。警察だって正式に断定したわけじゃないんですから」

沢木《さわき》高文はそう主張した。自分でも変に理屈っぽい喋り方になっているとは思う。それでも言葉を発するのを止めることができなかった。

「少なくとも僕は納得できていません」

「高文くんって――」

と、牧先生は悠然と微笑《ほほえ》んで、

「随分大人っぽくなったのね。自分の考えをしっかり人前で云えるようになって。高校生の頃はそうでもなかったでしょ、まあ、背が高いのは変わってないけど」

そう云われて、高文は大いに面映《おもは》ゆい気分になった。確かに今年の一月、成人式には出た。とはいえ、大学二年生は大人なんだろうか、という疑問を感じないでもない。高文自身には、自分が大人であるという実感はあまりない。一浪しているし。いや、一浪はこの際関係ないか。

高文は牧先生と向かい合わせで座っている。西新宿の〝牧京香ヨガスタジオ〟。雑居ビルの四階のワンフロアを占める、広い板張りのレッスン場だ。その隅に、ささやかな応接セットが揃っている。

夕刻、レッスンの空き時間を狙って高文は訪ねて来た。牧京香先生は確かもう五十代のはずだったけれど、年齢をまったく感じさせない姿勢のよさで座っている。背筋に一本芯が通り、贅肉が削《そ》ぎ落とされた上半身はしゃんとしている。スマートな全身の印象は、バレエダンサーのようだ。ヨガで鍛え続けた賜物《たまもの》なのだろう。

志田《しだ》真帆子はここでインストラクターを務めていた。主に牧先生のアシスタントだが、近頃は週に数回、自分のレッスンの時間を持たせてもらえるようになっていた。女子大に在学中からここの生徒で、卒業と同時に就職した。おっとりした気質とヨガは相性がよかったのかもしれない。高文はその頃から荷物持ちやら力仕事の手伝いやらで、年上の従姉《いとこ》のお供としてここに出入りしている。それで牧先生とも顔馴染みなのだ。

「何の話だっけ。ああ、そうそう、愛《あい》ちゃんと話したいんだっけね」

と、牧先生はスマートフォンを取り出す。少し操作してから小テーブルにそれを伏せて置くと、

「乳児のいるお宅に急に電話するのはマナー違反。ほら、授乳中だったり、赤ちゃんが寝ついたばかりのタイミングかもしれないでしょう。そこに電話のコール音は迷惑だから。手が空いたら電話くださいってメールかラインするのがルールなの」

牧先生の言葉に高文はなるほどとうなずく。大人の気遣いである。高文にはできない種類の心遣いだ。しかしこれではすぐに連絡が取れないのではないか、と少し心配になる。

幸い、待つこともなくテーブルの上のスマホから着信音が流れてきた。牧先生が素早く出る。

「ああ、忙しいところごめんね、え？　うん、こっちは大丈夫、気にしないで。それより愛ちゃん、沢木高文くん、知ってるでしょ、真帆子ちゃんの従弟《いとこ》の、そう、彼が話したいって、ええ、今来ていて、ええ、じゃ、代わるね」

差し出されたスマホを、高文は一礼して受け取る。

「もしもし、代わりました、沢木です」

『ああ、高文くんね、こんばんわ』

「あの、今、大丈夫ですか」

『うん、平気。三ヶ月ちゃんはたくさんおっぱい飲んで寝ちゃったところだから』

電話の向こうの古川《ふるかわ》愛の声は元気そうだった。真帆姉《ねえ》の同僚、というか先輩インストラクターで、現在育児休暇中である。牧先生と同様、何度かここに出入りしているうちに顔見知りになった。

『私より、高文くん、大丈夫なの？　真帆ちゃんのこと。お葬式は？』

「昨日、済みました。警察がやっと戻してくれたので」

『あらやだ、私知らなくて、弔電も出してない、お香典も』

「気にしないでください、家族葬でひっそりとやったんです、親族だけで。伯父があまり大げさにしたくないと云って」

真帆姉の死から今日で五日。〝事故〟があったのが先週の水曜日、十月四日のことである。

「あの日、真帆姉は古川さんのお宅にお邪魔したんですよね」

『ええ、そう、その帰りにあんなことになって、私、少し責任感じちゃって』

「それは考えすぎです、古川さんのせいではないですよ。それより、その時の様子を伺いたいと思いまして」

それで今日は牧先生のスタジオを訪れたのだ。高文は古川愛の連絡先を知らない。先生に仲介してもらうためである。

『そう、あの日のことね』

「はい、ご迷惑でなければ」

『全然。迷惑なんかじゃないよ』

と、古川愛は語り始めた。

真帆姉は、古川愛の赤ちゃんの顔を見に行く約束をしていた。生後三ヶ月になり、ようやくほんの少し落ち着いたので、楽しみな約束を果たすことになった。それが先週の水曜のことである。お祝いのプレゼントを抱えて、真帆姉は古川さんの自宅マンションを訪問した。場所は足立区北千住。午後二時頃だったという。

『それで、プレゼントの紙おむつ山盛りセットやベビー服なんか開けて、うちの三ヶ月ちゃん抱っこしてくれたりして、いたのは三十分くらいかな、ほら、ぼんやりしているみたいで真帆ちゃんってそういうとこ気配りできる人でしょ。赤ちゃんのいる家に長居すると迷惑になるかもって、多分気を遣ってくれたのね、私は構わなかったんだけど、それじゃまたねって、真帆ちゃんすぐに帰って行って』

〝事故〟は二時半過ぎに起きている。古川さんの家を出た直後だと考えれば、時間はぴったり合う。

「判りました。ありがとうございます」

『こんなんでいいの？』

「充分です」

もう一度礼を云ってから、高文はスマホを牧先生に返す。先生は古川さんと二言、三言話してから、通話を切った。スマホを小テーブルに戻しながら牧先生は、

「聞きたいことは聞けた？」

「はい、お手数おかけしまして、ありがとうございました」

牧先生はくすりと笑って、

「本当に大人みたいな喋り方するのね」

そうだろうか。どちらかというと口下手だと云われる。今の古川さんとの会話でさえも、緊張して大汗をかいた。背中がびっしょり湿っているのを、高文は自覚していた。

その時、入り口のドアが開いて、ぞろぞろと人が入って来た。

「こんばんわー」

「失礼しまーす」

「今日もよろしくお願いしまーす」

賑やかなのは、先生と同年代の女性達だった。総勢十人ほど。体型は先生と随分違うけれど。

ご婦人方は、こちらを見てさんざめく。

「あら、先生、かわいい男の子なんて連れ込んじゃって」

「あらまあ、密会?」

「まあまあ、浮気ですか、先生、それ不倫ですよー」

「なかなかイケメンくんじゃないですか」

「いいなあ、先生、羨ましいー」

牧先生は立ち上がって、

「いいでしょう。私の若いツバメなの」

と、笑う。ご婦人方が一斉に「きゃあっ」と黄色い歓声をあげる。しばらくの間、きゃいきゃいと陽気にはしゃぐ。

先生は軽く手を叩いて、

「さあさあ、皆さん、くだらない冗談はそれくらいにして。着替えてらっしゃい。レッスンを始めますよ」

「はーい」

と、よいお返事でご婦人方はぞろぞろと、奥の部屋へと消えて行く。

牧先生はそれを見送ってから、

「そうそう、ちょっと待っててね、高文くん」

と、急ぎ足で、別の小部屋に入って行く。先生専用の事務室だと聞いたことがある。すぐにそこから出てくると牧先生は、

「これ、この前来た刑事さんの。真帆子ちゃんの人柄とか最近の様子とか色々聞いてきて、ああいうのを事情聴取っていうのね。何か思い出したらここへ連絡してくれって、置いていったの」

と、一枚の名刺を差し出してくる。高文はそれを受け取った。〝鷲津《わしづ》剛志《つよし》〟という名前と電話番号が印刷されただけの、素っ気ない名刺だった。080から始まっているから携帯電話だろう。しかし、警察とも刑事とも書いていない。肩書きすらない。恐らく、悪用されないための用心なのだろう。と高文は見当をつけた。警察と明記してあると、悪意のある者が入手したらどんなふうに使われるか判らない。

その名刺を矯《た》めつ眇《すが》めつしながら、昨日の葬儀に顔を出した刑事と同一人物だろうか、と高文は考えていた。

「それ、持っていって。警察の情報を知りたかったら電話してみるのもいいかもね」

と、牧先生は云う。

「ありがとうございます」

先生のご厚意に感謝して、高文は頭を下げた。

レッスン着に着替えたご婦人方がわらわらと出てきた。それをきっかけに高文はスタジオを後にした。今日はスポーツの日で祝日である。ご婦人方にもたっぷりと汗を流してヨガを楽しんでもらいたい。

新宿駅東口の駅前広場に、高文は佇《たたず》んでいた。

大通り沿いの、巨大な三毛猫が３Ｄ画像で映る大きなビジョンが見上げられる場所だ。

十月の好天気。しかも三連休の最後の日ともあって、人出が多い。街には、たくさんの人達が楽しげに行き交う姿があった。

広場と植え込みを仕切る石積みの塀に寄りかかって、高文はさっきの名刺をポケットから取り出した。スマートフォンに番号を登録する。登録名は〝鷲津刑事〟としておいた。早速かけてみる。しかし出たのは抑揚に欠ける電気的な音声で、

『この電話は現在電源を切っているか電波の届かないところにあるため繋がりません。ご用のかたはのちほどおかけ直しください』

高文はスマホをしまった。

そのままぼんやりと考えに耽《ふけ》る。

どうしても真帆姉のことを思い出してしまう。

母親同士が仲の良い姉妹だった。

高文の母は、結婚して新居を選ぶ際、父に強く小金井を推した。姉の住む町だったからだ。ご近所になった姉妹は子供の頃同様に睦まじい交流を続けた。頻繁に行き来していたから、高文が生まれた時には当然のように、志田の伯母と伯父、そして五つ年上の従姉が身近にいる状況だった。真帆姉は姉同然、いや、姉としか呼べない存在として、常に高文の側にいた。そんな環境で育った。

真帆姉は全体的にほんわりした人だった。何事にものんびりと構え、いつも微笑んでいるような人だった。

高文が第一志望の大学に落ちて浪人を決意し、この世の終わりとばかりに落ち込んでい

た時も、

「大丈夫、人それぞれペースがあるんだから、高《たか》ちゃんも気にしないで。私もこんなだから、中学高校の頃はとろくさいってよくからかわれて気に病んでいたの。でもね、大学に入ってからはそんなことどうでもよくなっちゃった。ヨガにハマるようになって、心身を自然に任せることを覚えたってこともあるかもしれないけど、人には人の、自分には自分の速さがあるって気がついたの。慌てることも焦る必要もない。人それぞれ自分に合ったペースでやっていけばいいんだって、開き直ることにした。今の高ちゃんにはそういう開き直りが必要ね。いいじゃない、大学に入るのが一年遅れるくらい、どうってことない。それぞれのペースがあるんだからさ、高ちゃんも自分のペースでやればいいと思うよ。ね、開き直り開き直り」

おっとりとした笑顔で慰めてくれた。

そんな真帆姉を、高文は姉として慕っていた。いつでもゆったりと、春の陽気のように麗《うら》らかで、ほわっとした人柄だった。

だから高文は、真帆姉が亡くなったのが呑み込めないでいる。

どうしても納得できなかった。

気持ちの置きどころがなく、戸惑い続けている。

ずっと宙ぶらりんな気分だった。

今日もこれから、こんな気持ちでアパートに帰る気にはなれなかった。高文は今、落合で独り暮らしをしている。大学まで地下鉄で二駅という利便性だけが取り柄の、オンボロ老朽アパートだ。実家から通っても構わなかったのだけれど、大学生になったからには独り暮らしも経験しておきたかったのである。三年になって就職活動が本格化したら、小金井に戻るかもしれない。だから今はまあ、とりあえず単身生活をそれなりに楽しんでいる。

ただ、今日のような心持ちの時は困る。

ちょっと呑みたい気分だった。

といっても、学校の友人達を誘うといつものバカ騒ぎになるに決まっている。今は到底、気乗りしない。故人を偲《しの》び、しんみりと呑みたい。しかし、真帆姉を知っている相手となると選定が難しい。母は伯母と二人姉妹で、高文も真帆姉も一人っ子である。だから母方の従兄弟《いとこ》は他にいないのだ。

思い当たるのは一人だけ。高文は再びスマホを取り出し、ＬＩＮＥを送る。

〈暇？〉〈軽く呑み、どう？〉

すぐに〈ＯＫ！〉とイラストのスタンプが返ってくる。暇な友人は頼りになるな、と高文はちょっと笑った。

待ち合わせの店を指定し、中央・総武線に乗って阿佐ヶ谷へ移動した。相手の住む町だ。駅から三分の焼き鳥屋に向かう。縄の暖簾《のれん》に赤い提灯《ちょうちん》の装飾。メニューを記した短冊が、長い年月煙で燻《いぶ》され変色し、なおかつ反《そ》り返って読めなくなっている。そんな時代がかった店構えだ。壁も、脂と埃と煙草の煙が年月を経て染み込み、元の色がまったく判らない、というような庶民的な店である。ただし味は地元の皆さんのお墨付き。今日も早くも混み合っている。

高文は入り口近くの二人掛けのテーブルを、かろうじて確保することができた。遠慮する相手でもないから、先に生ビールを注文する。そして〝鷲津刑事〟にもう一度電話をかけた。しかしやはり繋がらない。

ビールのジョッキの一口目に口をつけていると、向かいの席に待ち人が座った。挨拶もなくこっちをじっと見てきて、

「思ったよりマシな顔色してるじゃない、もっとダダヘコみしてるかと思った」

「お陰様でね」

すると相手は突然居ずまいを正し、きっちり座り直すと、

「この度はご愁傷さまでした、謹んでお悔やみ申し上げます」

ぺっこりと頭を下げる。高文は面喰らって、

「何だよ、急に」

真顔だった相手は、にへらっと表情を崩し、

「一応社会性のある挨拶してみたの。これでも常識をわきまえたレディだからね、私は」

そう云って、来宮《くるみや》美咲《みさき》は笑った。

高校時代の同級生である。卒業後も、まったく別の進路になってはいるが、何となくウマが合って友達付き合いが続いている。

来宮は真帆姉とも一度会っていた。

この夏、真帆姉が牧先生に認められて自分のレッスン時間を持つことになった。インストラクターとして独り立ちだ。その際、最初のレッスンは無料体験コースとして、できるだけ多くの生徒を集めるという趣旨で行われた。ネットの宣伝動画で「ほら、こんなに大勢の生徒さんが興味を持って参加してくれましたよ」とアピールするのが目的だ。もちろん個人情報保護の観点から、参加者の顔は映さず、背中からのショットのみである。その動員を高文も頼まれた。要は賑やかしの頭数合わせだ。真帆姉の頼みだけれど、理工学部の野郎どもに招集をかけるわけにもいかない。画面の見映えを鑑みても、若い女性のほうがいいに決まっている。仕方なしに、数少ない女友達を頼ることにした。来宮は快く引き受けてくれた。他の女の子の友達にも声をかけてくれた。お陰でレッスン場は大盛況。大

いに助かった。ちなみに、人手が足りないので、ビデオの撮影係は高文が務めた。

来宮は、頼んだビールのジョッキが運ばれてくると、店員さんにつまみも何点か注文してから、

「じゃ、献杯だね」

「ああ」

無言でジョッキを合わせた。ぐびりと一口呑んでから来宮は、

「お葬式は？」

「終わった、昨日」

「泣いた？」

「いや、泣けなかった」

未だに真帆姉が亡くなった実感がない。どこか他人事《ひとごと》というか、別世界の出来事を俯瞰《ふかん》しているみたいな気分だ。それがずっと続いている。これでは泣けるはずもない。

そんな落ち着かない気持ちでいることを来宮に伝え、

「だから、自分でどうにかしようと思っている。地に足がついた感触を取り戻すためにも」

「どうにかって、何するの」

「調べてみようと思うんだ、真帆姉の事件を」

高文は敢えて事故とは云わなかった。

「独自調査をしてみるつもりだ」

「おお、探偵活動。燃える展開だね」

と、来宮は、運ばれてきた焼き鳥の串に早速かぶりつきながら目を見張る。

幸い高文は、お気楽な学生の身分である。時間の融通ならばいくらでも利く。前期は割と真面目に出席しているから、多少サボったところで出席日数に支障は出ない。

高文も串を一本取って、

「何だっけ、あれ。来宮が教えてくれた格言。困った時には前に進む、とか何とか」

「『迷ったらまず正面に進め、進めばそれが正しい道になる』」

と、来宮はもっともらしい顔で云う。

「そう、それだ。その精神でいこうと思うんだ。正しい道かどうかは判らないけど、迷ってる今はとりあえず進みたい」

「うん、いい判断だと思う」

「ちょっとした手掛かりもあるし」

「えっ、何、何」

来宮は興味津々で聞いてくる。高文はビールを一口呑んで、

「真帆姉が亡くなる少し前に云ってた。何だか最近、後をつけられているみたいな気がするって」

「何それ、物凄く不審じゃない」

と、来宮は目を丸くする。

「僕もそう思った。いつからって聞いたら、最近気付いた、もしかしたら結構前からかもしれない、と」

「誰かが真帆子さんを狙っていたってこと？」

「判らない。僕もそれを指摘した。そうしたらいつものようにのんびりと『私の気のせいかもね、自意識過剰っていうの？』って、例によってほんわか笑ってた」

「でも、本当につけていた人がいたとしたら、事故じゃない可能性が出てくる」

「うん」

「いつ云ってたの、それ」

来宮は真剣な様子で尋ねてくる。

「事件の十日くらい前かな。僕のバイト終わりに、新宿でご飯食べた時」

「高文、それ警察に云った？」

「ああ、昨日葬式に刑事が来た。受け持ち事案で亡くなった人の葬儀には顔を出す主義だとかで、伯父さんに挨拶してた。家族葬なのにどうやって知ったのかは判らない。何か警察独自の情報網でもあるのかな」

そう云いながら、高文は刑事の顔つきを思い出していた。野生の大型猫科肉食獣を連想させる目をしていた。

「焼香の途中で隅に引っぱっていって、真帆姉の言葉を教えた」

「何て云ってた？　警察の人」

「イマイチ反応が薄かった。あまり関心がないみたいで」

「何それ、その刑事、やる気あるの。重要な情報かもしれないじゃない」

憤慨する来宮をなだめながら高文は、

「確かに僕も頼りないと感じた。だから自分でも調べてみようと思った」

「なるほどね、うん」

と、来宮はビールをぐいっとあおる。そして腕組みして、しばらく黙って何か考えていたかと思ったら、

「よし、こうしよう。それ、私も手伝う」

「え？」

「助手に志願してあげようって云ってるの」

「いや、何で」

「探偵には助手は付き物でしょ。っていうか高文一人じゃ心配じゃない、口下手だし。人に会って話を聞くケースだってあるだろうし、高文、ちゃんと口回る？」

確かにそう云われると心許ない気がしないでもない。来宮のほうが遥かに口が達者だ。

「ほら、私が手伝ったほうが効率いいよ、きっと。だから助手になってあげる。ありがたく思いたまえよ」

何だか偉そうな口ぶりで、来宮は云う。時折、突拍子もないことを云い出す傾向があるのだ。

しかし確かに、来宮も時間の都合がつきやすい立場ではある。何しろこの世で最も自由なフリーターの身分なのだ。本人曰《いわ》く「何になるか探している最中」らしい。短大を出て、周囲の人がほとんど就職したのに、敢えてフリーターになったのもその目標のためだという。この春、卒業と同時にそう突拍子もない宣言を打ち立てて、親父さんにどやされた挙げ句、国分寺の実家を叩き出されたそうだ。そうした経緯で来宮は、似たような境遇の同級生とこの阿佐ヶ谷にある賃貸マンションに入居してルームシェアをしている。時間単位の単発アルバイトばかりしているから、自由が利く。宅配イートというデリバリーのバイトを中心に、いくつかのバイトを掛け持ちして、何にも束縛されないフリーの立場を満喫している。といっても社会的保障がまるっきりないのが心細くはないだろうかと、高文などは思うのだが。

「探偵と助手、この黄金コンビは鉄板の設定でしょ」

もやし炒めをわしわしと食べ、ビールで流し込んで来宮は主張する。

「コンビ探偵に普遍性があるのは、誰もがそれを求めているからなの。世にコンビ探偵の種は尽きないでしょ。師弟探偵、親友コンビ、上司と部下の相棒、先輩後輩コンビ、警察犬と指導官、各種バディ物、あ、夫婦探偵ってのもあるね、私達にぴったりじゃない」

呑みかけたビールを噴き出しそうになり、高文はむせた。誰が夫婦だ、誰が。水分が気管に入って咳が止まらなくなる。げへげへげへと、高文は咳き込んだ。

来宮は自分がおかしなことを云った自覚がないようで、目をぱちくりさせて、

「どうしたの、急に。喉の調子でも悪い？　のど飴、あるよ」

そう云って、いつも持っている臙脂《えんじ》色のバッグの中を探る。このバッグはキャンバス地の大きめのトートバッグで、来宮はやけに気に入っているらしくこのところずっと愛用している。マチがあるので収納力は高そうだ。

「あれ、飴、どこだっけ。入れたはずなんだけど」

と、ごそごそやっているうちに、中から物を取り出し始めた。次々と出しては、テーブルの上に並べて置く。たちまち小間物屋の店先のような様相を呈してくる。化粧ポーチが大中小と三つ、財布、定期入れ、スマホ、モバイルバッテリー、充電ケーブル、イヤホン、キーホルダー、畳んだエコバッグ、文庫本一冊、ポケットティッシュが複数、ハンドタオル、折り畳み傘、ウエットティッシュのパック、ハンドクリーム、スケジュール帳、目薬、何が入っているのか不明の厚みのある封筒——。

「変だなあ、どこやったっけ」

これだけ並べてもまだのど飴に到達しない。それどころか、バッグの中は未だにカラにならないようで、探り続けている。

「あのさ、来宮」

「なあに」

と、バッグの中を漁《あさ》って目も上げないで、生返事の来宮。

「ちょっと気になったんだけど、それ、何？」

高文は、テーブルに並んだ品々の中の一つを指さす。お守りみたいな、小さな布の巾着袋だ。細い棒のような取っ手部分が、袋の口から突き出している。

「女の子の持ち物、じろじろ見ないの。高文ってばデリカシーはどこに置いてきたのよ」

と、不満げに顔を上げると来宮は、

「ああ、これね」

巾着袋を手に取ると、赤い柄をつまんで袋から引っぱり出す。

「ほい、手鏡でした」

と、楽しそうに笑った。

なるほど、五百円玉をふた回りほど大きくしたくらいの、小さな円形の鏡だった。

「ちっちゃくてかわいいでしょ。便利なんだよ、小回り利くし、ちょっと前髪直したりするのにどこでも使えるんだ。京都よーじや特製、通販で買っても六百円のお買い得品」

手鏡をくるくる回して、来宮は自慢そうに云う。

「ふーん、そっちは？」

と、高文は、もう一つ気になっていた物を示した。紫色の、名刺入れのような物だ。

「どう見ても名刺入れでしょうが」

と、来宮はそれを手に取って、一枚引き抜き差し出してくる。わざと作った澄まし顔で、

「はい、どうぞ。わたくし、こういう者でございますの」

受け取ると、本当に名刺だった。横書きで、来宮美咲と名前。そして電話番号とメールアドレスが印刷されている。名前の下に、薄墨でさっと刷《は》いたような和風のライン。シン

プルだがデザインがやけに凝っている。新進気鋭のデザイナーの名刺みたいに洒落《しゃれ》ている。しかし問題は、果たしてフリーターに名刺など必要になる場面があるのだろうか、という点である。

その疑問を率直に口に出してみると、

「要るよ、色々なシチュエーションで。高文こそ大学生なのに、名刺持ってないの。遅れてる」

と、来宮は呆れたように見てくる。いや、そんな哀れんだみたいに見られることか、これは。と思いつつ高文は、

「もうしまいなよ、散らかさないで。のど飴はいいから」

「うん」

来宮は素直に従って、テーブルの上の品々を片付け始める。魔法のようにバッグの中に納まっていく大量の荷物。大きめのバッグだが、よくこれだけの物が収納できるものだと感心する。

「とりあえず、きみが相変わらず整頓が苦手なのは判った」

「整頓なんかできなくてもいいよ、女の子はかわいければ」

よく判らない開き直りかたをして来宮は、すべてを納めたバッグを傍らに置き直す。こ

の半年くらいずっと同じバッグなので、以前、高文は聞いてみたことがある。

「普通、女子ってバッグをいくつも持ってたりしないものかな、TPOに応じて使い分けたりとか」

するとと来宮は肩をすくめて、

「あのね、高文みたいに何でもかんでもポケットに詰め込んでいつも手ぶらの無粋な男子には判らないかもしれないけど、女にとってバッグは自分の戦闘力を誇示するためのアイコンなの。判る？　あの子いいバッグ持ってるからお金持ちの彼氏でもいるのかしら、とか、流行《はや》りのバッグをいち早く取り入れてるあの子はファッションアンテナ鋭いなあ、とか、常に誰かの品定めの目に晒《さら》されるものなのよ。いつでも周囲から勝負を仕掛けられてる状態。そんな熾烈な女子のマウント合戦の中で、貧乏フリーターの私が勝負できる唯一のカードがこれ。使い勝手がいいだけじゃなくて戦闘力が高いの。見る人が見れば、おおこの小娘なかなかやるな、と思われるバッグ。お値段もそれなりにしたんだから。私、清水の舞台から飛び降りる気持ちで買ったんだよ。何といってもホニャララのバッグなんだから」

鼻息荒く、来宮は胸を張ったものだった。ホニャララの部分は高文が聞き取れなかっただけで、何やら舌を噛みそうなイタリアの固有名詞と思われるブランドらしい。

そのブランドバッグを傍らに来宮は、左手に焼き鳥の串、右手にビールのジョッキを持つと、口調を改めて、

「ねえ、高文、生者必滅会者定離《しょうじゃひつめつえしゃじょうり》、知ってるでしょ」

「えーと、『平家物語』だっけ？」

突然の話題の転換に、高文はあやふやに答える。文系科目は得意ではない。来宮はビールを一口呑んで、

「とにかく人はね、いつ別々になるか判らないってこと。それがどんな別れになるかは様々だけど、学校を卒業して別れ別れになることもあれば、死に別れることもあるわけよ。高校時代の同級生で、もう連絡取ってない人も、何人もいるでしょ」

「まあ、いるな」

高文はジョッキを傾けながら相づちを打つ。

「でね、離れ離れになったとしても、出会った思い出は消えないわけ。もう会えなくたって出会ったことは必然。こっちが相手のことを覚えていて、向こうも私のことを覚えていてくれるかもしれない。もし忘れられているとしても、覚えていてくれるかなって思うことが思い出に繋がってるわけよ。たとえ死に別れたとしてもこっちがいつまでも相手のことを覚えていること自体が、それで正解なわけ。自分が覚えているかどうかが肝心で、相

手が亡くなっていたって思い出は一生持ち続けることができるんだから」

「あのさ、来宮」

「何？」

「きみ、何か良いこと云おうとして失敗したよね」

「それ、指摘するの失礼じゃないかな」

「失敗したよね」

「――ごめん。途中で何云おうとしてるか、まとまらなくなった」

「うん、いいけど」

「ホント、ごめん」

まあ、来宮なりに心配して気遣ってくれていることだけは伝わってきた。

来宮は突然、くるっと表情を明るく変えたと思ったら、

「あ、そうだ。高校時代といえばさ、あの頃高文、写真部だったよね」

唐突に話を変えてきた。高文は少し顔をしかめてしまい、

「変なこと覚えてるなあ。あれは僕の中で黒歴史になってるんだから、あんまり思い出させないでほしいんだけど」

「何しろ部員数三人で、暗いオリオン三連星って呼ばれてたもんね」

「だからもういいって」

「けど、私にとってはそれも大切な思い出の一つだよ」

と、来宮はなぜか夢見るような表情で、

「ねえ、高文、私達、いつ、どこで初めて会ったか覚えてる？」

「そりゃもちろん。高二の時、同じクラスになった」

「それだけ？」

「それだけ、だけど。何か不足？」

「不足とは云わないけど」

どうしてだか明らかに不満そうに、来宮はジョッキを口に運んだ。

♡

高文と最初に会った日のことを私は覚えている。

まるで昨日のことのように鮮明に。っていうか、忘れるはずがないって。

高文は、教室の隅で声をかけてくれた。手にカメラを持っていた。

「あ、初めて会うね。僕、沢木高文です」

口下手な高文らしく、口ごもりながらの挨拶だった。

でも、強烈な印象だった。思い出補正がかかってるせいもあるけど、あの時の高文の姿はもう映画のワンシーンみたいに決まってたね。スクリーンにどアップでどーんみたいなさ。紗《しゃ》がかかっちゃったりして。そんな感じ。

背が高い人だなって思って、顔を見て、それで運命感じたわけよ。もうがびーんってね。直感がびりびりっと走って、その時の私は目がハート形になっていたと思う、多分。あ、これダメだってくらっときた時にはもう遅い。一瞬で、この人が私の運命の半身だって確信しちゃったわけ。

そう、その瞬間、私は恋に落ちていた。

それからはもう一時も頭を離れないのよ。高文のことばっか考えてる。

ああ、高文。

おお、高文。

どうしてあなたは高文なの。

なんてね。

四六時中、高文のことで頭がいっぱい。高文のことを考えると胸がきゅんきゅん痛くなる。ため息なんかついちゃったりして。

まるで恋する乙女みたいじゃん、私。

や、まあ実際そうなんだけどさ。

自分のことじゃなけりゃ笑っちゃうね。お前は恋に恋する中学生かっつうの。二十一にもなってさ。もう好きで好きで好きで、我慢できない。好きで好きで好きで愛してる。うひゃあ、恥ずかしい。バカみたいだ、私。

しかし、何だろうね、この気持ち。

お金持ちの御曹子ってわけでもなければ、何か飛び抜けた才能があるんでもない。世間の人から見たら、どっちかっていうと目立たない、っていうか有り体にいえば地味な大学生でしかないわけじゃん、高文って。

それでもさ、私にとってはそんなことどうでもいいのだよ。

高文はスペシャル。最高にカッコいい。至高の存在。完全無欠のいい男。ホントにもう、なんでそんなに素敵なのよ。困っちゃうじゃないの、この色男め。

あ、でも一つだけ不満がないわけでもないんだよね。それは、私のこと名前で呼んでくれないこと。もう、ちゃんと呼べよ。照れてるのかよ。照れてるところもかわいいんだけどさ。うへへへへ。高文かわいいよお。

いや、それはそうと、ちょっとマジメな話。困ったことになった。

あの件を高文が掘り返そうとしている。

せっかく警察が事故で片付けようとしてくれているのに。

高文ったら、余計なことしようとするんだから。

参ったなあ。マズいんだよねえ、蒸し返されるのは。

ヤバい方向に行かないように、しっかり見張ってないといけない。

だって高文にバレたら大変だもの、私が真帆子さんを殺したことを——。

♠

階段を見上げる。

たった今、下りてきたばかりの階段である。

コンクリートの段。幅は割とゆったりしているが、かなりの急勾配だ。そして長い。下から見るとそそり立っているみたいに見える。危なっかしいな、というのが高文の印象だった。

「これはなかなかの急階段だねえ」

と、隣に立った来宮も云う。昨日、助手を志願した来宮は、もう当たり前みたいな顔でついて来ている。それで二人でここまで出かけてきた。

千住田原町というらしい。北千住駅の西口から、徒歩十分くらいだろうか。周辺は下町っぽさが残ってはいるけれど、新興住宅もじわじわと勢力を伸ばしていて、どちらにせよ活気のある町並みである。そんな町の裏道に、ひっそりとこの急階段は聳《そび》えている。

高文には土地鑑のない町だ。初めて来た。そもそも足立区そのものが知り合いもいないし、縁のない場所である。この〝事故現場〟の詳細な位置は、伯母に電話して教えてもらった。それでもなかなか辿り着けなくて少々迷った。下町特有の狭い路地が入り組んでいて、散々迷った挙げ句、来宮の野性の直感で発見することができたのだ。

一旦下りて、今、高文と来宮は階段の一番下に立っている。周囲は住宅地で、店舗や何らかの施設などは一つも見当たらない。低層の民家がごちゃごちゃと建ち並んでいるだけ。

駅から歩いて来てこの急階段を下りたところは、丁字路になっている。段を下りきった突き当たりが、一軒の家の壁になっているのだ。その壁に沿って左右に細い道が延びている。

高文は改めて階段を見上げて、観察する。幅は四メートルほどか。段の両脇には植え込みがあり、木が植えられている。膝の高さくらいの背の低い木が、ずらっと階段の上まで続いている。植え込みの外側には左右ともコンクリートの壁が聳え立っていた。このコンクリートの壁同士の間に、急階段が通っている。階段はまるで、町に出現した谷間のように見える。スマホの地図アプリによると、近くを荒川が流れているので、ひょっとしたら大昔の川の氾濫か何かでこんな高低差が生じたのかもしれない。

真帆姉が、この段のどの辺りから落ちたのかは判らない。高文が聞いたところによると、とにかく一番下まで転げ落ちたという。今、高文と来宮が立っている舗道のところまで落下したわけだ。この急斜面を落ちたのだからひとたまりもなかったに違いない。

高文は息をつき、道の左右の先を見渡した。階段下の丁字路を右に行く道が、多分古川愛さんのマンションに続く経路だ。町名と地図アプリから判断して、そういう位置関係だと思われる。

「真帆姉はあの日、この道を歩いてきたんだな」

と、高文は説明する。古川さんの赤ちゃんのことは、来宮にも伝えてある。

「古川さんのところに三十分くらいいて、こっちから駅へ向かおうとした。帰るんならこの階段を上がるのが一番早道だ」

「でも、危ないよね、ここ。手摺りも何もないし」

来宮は少し怯えた顔つきで云った。高文は無言でうなずく。

二人でゆっくり階段を上がることにした。

来宮は軽快な足取りで、ととんとんっと靴音を立てる。リスみたいであるなあ、と高文は何となく思った。

谷間の底みたいな階段を上がりながら、高文は足元の段を指さし、

「このどこかに仕掛けをすることはできないかな」

「仕掛けって、例えばどんな？」

振り返って来宮が尋ねてくる。

「何でもいい、足を引っかけさせるような。目立たないテグスか何か、ぴんと張っておくとか」

「その場合、あの隅っこの木にテグスを結びつけておくことになるよね」

と、来宮は、左右の端の低木の植え込みを示す。

「そう、そんな感じだ」

「でもそれって、何者かが真帆子さんが引っかかると予測してテグスを張るわけでしょ」

「うん」

「ここを通るのは道順から事前に予測できるとして、けどタイミングはどうなるの？　その何者かっていう不審人物は、いつその罠を張ったわけ？」

「うーん、真帆姉が通るタイミングまでは事前に予測がつかないってことか」

「そうそう。仕掛けるのが早いと、真帆子さんより前に誰かがここを通って、その人が足を引っかけちゃうかもしれない。逆に遅いと、真帆子さんは通り過ぎた後で、罠に何の意味もなくなっちゃう」

「真帆姉が通るタイミングは誰にも予測不可能だな」

「うん、その方法は現実的じゃないと思う」

確かに来宮の云う通りだ。真帆姉が通りかかる絶妙のタイミングで罠を仕掛けておくのは、困難という他はない。

と、話し合ううちに一番上につく。

「四十三段あったよ」

と、来宮。

「数えてたのか」

「うん」

特に意味があるとは思えないけれど、妙なところを気にするのが来宮らしい。

二人で階段の上に立つ。

こうして見下ろすとやはり急で、少し恐怖を覚える。気をつけないと足を滑らせて転げ落ちそうだ。近隣住人はさぞかし不便だろう。年輩の人はここを避けて、遠回りしているのかもしれない。

「真帆姉は誰かにつけられているような気がすると云っていた」

「うん」

「その尾行者が、ここから真帆姉を突き落としたとしたら――」

「この上の段で待ち構えていたの？　それ、さすがに真帆子さんも警戒するよ」

「うーん、だったら――」

と、高文は左右を見回す。段を上りきった右側に、ごくごく小さな公園があった。公園と呼ぶのが申し訳なくなるようなささやかなもので、猫の額ほどの平地に大小の樹々がちょぼちょぼと植えてある程度だ。幼児用の遊具の類いは一切設置されていない。ひょっとしたら、区の緑化計画の一環で書類上の言い訳のために造られた、お役所仕事の産物なのかもしれない。その入り口付近に、比較的太い幹の木が立っている。

その木に近寄りながら高文は、

「ほら、この裏側なら身を潜められる」

と、来宮に向き直り、

「尾行者はここに隠れていた。そして真帆姉が階段を上がってくるのを待ち構える。上がりきったところを飛び出して行って、その勢いで突き落とした」

両手を前方に伸ばして、そのアクションを取る。しかし来宮は渋い表情で、

「うーん、どうだろう、やっぱりタイミングが気になるなあ。その尾行者は真帆子さんが上がってくる頃合いをどうやって知ったの？　あんまり長い時間そんな木の裏にいたら、通りかかる人に変に思われるよ。そもそも尾行者っていうくらいなんだから、後をつけてるはずでしょ。どうして前もって隠れることができたの」

「ああ、うん、そうだな。確かに、おかしいか」

「おかしいね」

思いついたことをあっさり来宮に否定されて、高文はいささか落胆する。少し焦りすぎていたようだ。単なる事故だと認めたくないという思いが先走って、前のめりになって空回りしている。

冷静になろう。

高文はそう思い、改めて周辺を見渡す。

昼下がりの住宅街は静かだった。

誰も通りかからない。

やはりこの急な階段のせいで、この道は地元の人達に敬遠されているのかもしれない。近くにもっと楽に通れる経路があるのだろうか。

そんな道を二人できょろきょろと見回した。

「どう？　何かありそう？」

来宮が聞いてくる。高文は首を横に振って、

「いや、特にない」

「手掛かりなし、か。来た意味なかったかもね」

「いや、それでも別に構わない。僕が見ておきたかったんだ」

高文はそう応じた。真帆姉が最期に見た風景を共有したかった。それは本音だけれど、できたら事故ではない根拠になりそうなものを発見したいという期待もあった。しかし、そんな都合のいいものが簡単には見つかるはずもない。

「やっぱり事故なんじゃないかな」

と、来宮は云う。危なっかしい急階段の下を覗き込みながら、腰が引けた体勢になっている。

「うん、そうかな」

煮え切らない返事を、高文は返した。まだ納得したわけではないのだ。

「だって、警察の人もそう云ってるんでしょ」

「まあな」

「プロがそう判断してるんだもん。事故で間違いないと私も思うなあ」

来宮が云った時、高文のスマホの着信音が鳴った。取り出すと、昨日登録したばかりの番号だ。〝鷲津刑事〟と表示される。話題にしていたプロからの電話だった。高文は慌ててそれに出る。

『鷲津です。何度か着信がありました。そちらはどなたでしょうか』

高文が昨日から何度も電話したから、その履歴を見てコールバックしてくれたらしい。

高文はへどもどと、

「あ、あの、僕は沢木高文といいます。ええと、志田真帆子の転落事件の関係者といいますか、その、従弟でして――」

口下手の本領を発揮して、しどろもどろになって説明していると、相手は察してくれた

みたいで、

『葬儀の時に会った学生さんか』

声質と口調から、こちらもあの刑事だと判った。野生の大型猫科肉食動物みたいな目をした中年男性だ。

『何か用だろうか』

「あの、真帆姉、いえ従姉が後をつけられていたと云っていて」

『それはもう聞きました』

「あ、それで、またお目にかかって、少しじっくりお話を伺いたいと思いまして、事件のことなど」

つっかえながら高文は云い募る。事件を担当した警察関係者から話を聞くのは、調査活動の必須事項だと思っていた。

しばらく間があったが、

『いいでしょう』

と、相手は答えてくれた。高文は思わず、ほっと安堵の息をもらす。

『ただしこちらも忙しい。予定が立ちません。とりあえず明後日はどうだろうか。十二日、木曜』

「もちろん、構いません」

『時間はまだ確定できない。多分、夕方くらいになると思う。決まったら明日の夜にでもまた連絡を入れる。それで問題ありませんか』

「はい、ええ、問題ないです、全然」

『では』

と、唐突に電話が切れる。

「誰だったの？」

来宮が、不思議そうな顔で聞いてくる。高文は額に滲んだ汗を手で拭い、

「刑事。真帆姉の事件を担当してる。会ってくれるって」

「凄い。直接話、聞けるじゃん」

「うん、期待してる。何か判るかもしれない」

と、高文は答えた。本当に何か出てくるといいのだけれど。

そうして、高文は来宮と共に駅への道を歩きだす。現場はもう充分に見た。

「明日の夜、刑事さんから連絡が来るんだ。僕は昼はちゃんと学校行く。来宮は？」

尋ねると、相手は道を軽やかに歩きながら、

「私はバイト」

「じゃ、夜に連絡あったら電話する」

「何時頃?」

「判らない。それは向こうの電話次第だから」

「うーん、電話はちょっと、困るかなあ」

「どうして、バイト?」

「そうじゃないけど、電話には出られないのよね、私」

「だから何で?」

「お風呂入ってるから」

「いや、風呂って、そんな何時間も入るものじゃあるまいし」

高文が笑うと、来宮は黙った。

「入るのか? 何時間も」

「うん」

来宮はどうしてだか、少し照れくさそうな顔つきになっている。

「何時から何時くらいなんだ、それ」

「うーん、だいたい、八時半から十一時くらい、かな」

「えっ、二時間半も?」

「うん、そのくらい」

「毎日？　二時間三十分？」

「そう」

「何だそりゃ、そんなに必要なのか、時間」

「必要なの。その時間、確保するためにコンビニの早朝シフトだけ入れてもらってたりするし」

これはびっくりだ。突拍子もないことで知られている来宮だが、ここにきて驚異の新事実が発覚した。今まで聞かなかったから知らなかったけれど、来宮ときたら驚愕の長っ風呂女だったとは。高文は呆れながらも、

「二時間半も風呂で何してるんだ、スマホとか？」

「ううん、それはない。私の防水じゃないから」

「じゃ何してるんだ」

「そういうこと女の子に聞かないの。プライバシーの侵害でしょうに」

「いや、公共の関心事だ。そんな奇妙な事案なら、誰もが学術的な興味を持つはずだ。聞く権利が僕にはあると思う」

「ないよ、そんなのは。大げさだなあ」

「いや、絶対に気になるって」

「だからさあ、半身浴は九十分は続けないとデトックス効果がないんだってば。それに防水のタブレット持ち込んでるから、映画とか動画とか見てたら二時間半くらいあっという間だよ」

「うーん、それにしても長いな。そもそもそんな長風呂して、ギコちゃんに迷惑じゃないのか」

と、高文は尋ねた。ギコちゃんというのは、来宮のルームメイトである。同じ短大を出て、この春から阿佐ヶ谷の賃貸マンションでルームシェアをしている。

ギコちゃんというのは無論、愛称である。ガールズバンドでボーカルとギターをやっている。その芸名というかバンドネームが通称の元だ。本名は確か、伏見《ふしみ》心菜《ここな》だったと記憶している。バンドをやる人達がYOSHIYUKIとかNEKKOとか名乗るように、ギコちゃんもステージではCOCOという名前で活動している。ギターのCOCOちゃん、略してギコちゃん、と前に来宮に教えてもらった。高文も二度ほど顔を合わせたことがある。将来はバンドだけで身を立てるのが目標だそうで、今はまだ下積み中。バイトで生計を立てているらしい。来宮の「何になるか探している最中」というスタンスも、このバンドガールのルームメイトの影響を多分に受けているのではないか、と高文は睨んでいる。

迷惑ではないかとの質問に答えて、来宮は、

「平気。ギコちゃんは夜中にお風呂入る派だから」

「でもなあ、二時間半もバスルーム占拠したら、さすがに嫌がられないか」

「大丈夫。ギコちゃんはたいてい部屋にこもってるし。うち、一応2LDKだからさ、一人ひと部屋はあるわけよ。ギコちゃんはほとんど自分の部屋でギター弾いて歌ってる」

「それはそれで近所迷惑にならないのか、ギターに歌って」

「エレキはアンプに繋がなくちゃ大した音は出ないって。歌もステージみたいに大声出すわけじゃなくて鼻歌程度。リビングにいる私くらいにしか聞こえないよ。うちの建物、しっかりしたコンクリートなの知ってるでしょ」

と、来宮は、こちらの物知らずを責めるみたいな口調で云った。そう云われれば、以前呑んで遅くなった時、玄関先まで送って行ったことがあったっけ。築年数はかなり古いが、堅固な造りの鉄筋コンクリート物件だということは覚えている。

来宮は続けて云う。

「ギコちゃんがこもってるお陰で、私は自分の部屋とリビングも使い放題。広くて助かっちゃうんだ」

「何かイメージと違う」

と、高文は不服を申し立て、

「女の子二人のルームシェアって、もっとこう、きゃっきゃした感じかと思ってた。一緒に料理したり、お洒落に整えたリビングでワイングラスで乾杯、みたいな」

「何それ、高文、どこで覚えてきたの、その変な幻想」

「いや、友達と二人暮らしってそんな感じじゃないかなって」

「うーん、ギコちゃんとは友達って距離感じゃないかな」

と、来宮は少し考え込むみたいな顔つきで、

「そりゃ女の子二人でいれば色々話すよ。このお洋服だったらどの色のネイルが似合うかなあって相談したり、家族のバースデープレゼントは何がいいかとか、あそこのブランドはショップのバーゲン待ったほうがいいかネットのキャッシュバックキャンペーンで買ったほうが得かとか」

「ああ、ありそうな会話だな」

「でも、その程度かな。元々短大時代からべったり仲良しって感じでもないしね。あくまでもルームメイトの距離感。お互い干渉しない適度な関係性だね、家賃節約のための」

なるほど、若い女の子のバイト生活は、確かに金銭面での苦労は多いだろう。独り暮らしの安い家賃では、ろくなアパートは借りられない。その点、二人分の家賃を持ち寄れば、

それなりにマシなマンションを借りられる。ルームシェアは賢い戦略だ。

高文は、落合の自分の安アパートを思い浮かべる。陽がまったく入らない１ＤＫ。玄関のドアの外がすぐ、普通に人が往来する歩道だ。女子にあの環境はキツいだろう。

そんなことを話しながら歩くうちに、北千住駅前の賑わいが近づいてきた。

♡

高文は土地鑑がないと云ってたけど、それは私も同じ。

足立区も北千住も、今まではまるっきり縁のない場所だった。

だからあの階段も当然、あの日初めて見た。真帆子さんを殺した日にね。

あの日、私は真帆子さんを尾行していた。いつものように。

そう、高文の云っていた真帆子さんをつけ回してた尾行者って、何のことはない、私だったってわけよ。

いやあ、まさか本人に気付かれていたとは思いも寄らなかった。失敗失敗。そんな素振りもなかったと思ってたのになあ。

まあ、私も尾行なんてこれまでしたことなかったから、ヘタだったんだろうし。いや、ドジったもんだ。

そんなストーカーまがいの真似をしていたのは、もちろん真帆子さんを殺すタイミングを計っていたから。

駅のホームなんかでは、どうにか線路に突き落とせないかと何度か狙ってみた。けど、なかなか上手くいかなかったなあ。だって真帆子さんってどんな混んだホームでも一番前まで行ってくれないんだもん。全然焦らないの。我先に前へ出ようって気概がないのよね。あれはぽやっとした性格だから？　二度くらい、おっこれはチャンスだぎりぎりの位置に立った、ってこともあったけど、電車が入って来る瞬間に人が割り込んできたり真帆子さんが横を向いたりしたせいで上手く押せなかった。がっかりだよ。

さて、問題の日のことだ。

あの日、真帆子さんは北千住駅から出てしばらく歩き、例の階段を下りた突き当たりを右に曲がると、そこからちょっと行ったところにあるマンションに入って行った。この行動パターンは今までなかったことだ。北千住なんて、私がつけ始めてから一回も来ていない。何の用事か今日まで知らなかったけれど、なるほど、同僚の人の出産祝いだったわけね。ついでに赤ちゃんの顔を見ようって計画だったんだ。

あの時は私、そんなこと知らないからマンションを外から見張ってた。裏手に回ると大手チェーンの手がける駐車場から、マンションの通路側を見上げることができたからね。そこからさりげなく見ていると、真帆子さんはエレベーターを三階で降りて通路の一番奥の部屋に入って行った。あれが同僚さんの部屋だったわけか。あの時は何しに行ったのか判らなかったから、長時間待たされることも覚悟した。まあ、いい陽気の十月のまっ昼間。外で待っているのは苦にならないから構わないけど、あんまり長いこと見張ってると近所の人に変に思われるんじゃないかなあって、そっちのほうが心配だったな。

でも、三十分くらいで部屋を出て来たから、逆に焦ったよ。誰かの家を訪問したにしては早すぎたからね、ちょっとびっくりした。

それで、真帆子さんがマンションを出てくる前に、私は先回りした。行きの道筋で、あの階段を通ったからね、これは使えるんじゃないかって目星を付けていた。真帆子さんがこの町に来るのは私の知る限り初めてだし、そうそうハシゴする用事もないだろうと見当をつけて、きっと駅に向かうだろうと読んだわけよ。だとしたら多分、行きと同じ道を通る。あの階段も通るはずって踏んだのよね。

それで私は先回りした。階段を駆け上がって、ちょうど一番上のところに小さな公園があったから、その入り口にある木の裏側に身を隠した。そう、高文の指摘は当たっていたわけね。尾行者は木の陰に隠れてたんじゃないかって、高文は云っていた。いいカンしてる。さすが高文、頭いい。私の将来の伴侶。頭もいいし、カッコいい。高文ってば、素敵。って、今はそういう話じゃなかったっけ。

息を整えながら私は待った。木の裏から階段を覗き見ながら。

そろそろ来る頃合いかなって思ってると、予測通りに真帆子さんが上がってきた。ゆっくりとした足取りで、手摺りがないから慎重に一歩ずつ上がってくる。

さて、どうしよう、飛び出して行って突き落とすか、と私は身構えた。この階段の最上段から突き落とせば、まず間違いなく殺せる。

よし、行くかっ、と思った時、真帆子さんは一番上の段に足をかけた体勢のまま立ち止まった。そして振り返って階段の下を見る。タイミングを外されて、私は木の裏でつんのめりそうになったね。

何を見ているのか判らない。真帆子さんは階段の下のほうを見ている。

のほほんとした態度にちょっとイラッときたけど、そこで咄嗟《とっさ》に作戦変更。私はバッグに手を突っ込んで、いつも入れている手鏡を取り出した。それで木の裏から片手だけちょっと出して、太陽光を反射させる。その光で真帆子さんの目を狙う。目眩《めくら》まし作戦だ。上手くいく確率はどのくらいだろうか。多分、さほど高くはないだろう。でも、上がってくる真帆子さんを出会い頭に突き落とす作戦が頓挫して、私は賭けてみることにした。もし何事もなく、真帆子さんに咎《とが》められでもしたら、木の裏でお化粧を直していただけですが何か、ってとぼけるつもりだった。

あら、光がお顔に当たりまして？ それは失礼、おほほほほ、ってね。

真帆子さんとは一度しか会ったことがない。体験レッスンの時、私は受講生の一人にすぎなかった。私の顔など覚えているはずがない。そう確信しての賭けだった。

その賭けは大当たりを引いた。

自分でもびっくりするくらい上手くいった。

目を眩まされた真帆子さんは、立ちくらみを起こしたみたいにふらついた。そして、階段にかけている足のバランスを崩した。ただでさえ危うい体勢だ。後はもう落ちるしかない。

私の視界から真帆子さんの姿が一瞬で消えた。階段を転げ落ちたのだ。あの急角度の階段を。

結果は確かめるまでもない。それよりここでうろうろしている姿を、誰かに見られでもしたら大変だ。

私は大急ぎでその場を立ち去り、駅へと足早に向かった。ちゃんと死んでいてくれますように、と祈りながら。

といっても、これは一種の事故だよね、だって私のやったことは、相手の目を鏡で照らしただけだもん、死んじゃったのはたまたま、運が悪かっただけだよ、てへぺろ——なんて云って逃げる気なんか、私には毛頭ない。私には明確な悪意があったから。悪意っていうか、殺意ね。殺す気満々だった。だからこれはれっきとした殺人だ。それは素直に認める。


私は殺人者だ。

真帆子さんを殺した。

明白な殺意を向けて。

さて、今日の探偵活動で高文は何か摑んだだろうか。テグスの罠を仕掛けるってアイディアは、さすがに自分でも無理があると思っただろうね。他に何か思いついたようでもなかった。多分、何も摑んでいるはずがない。あの階段には直接的な証拠なんて何も残っていないんだし、鏡を使ったことなんか、どうやったって考えつくとは思えない。ましてて、この私がやったとは、きっと夢にも思わないに違いない。

♠

千住東警察署。

そこが真帆姉の事件を担当する所轄署らしかった。

署は、北千住駅から徒歩二分の便利な立地である。三階建ての、白いコンクリートの建物だった。

高文はごく一般的な大学生でしかないわけで、普段から警察署には縁がない。しかし来てみると、なぜだか変に緊張する。

来宮は何だか楽しそうだ。珍しい体験が嬉しいのか物見遊山気分なのか、五歳児のごとく目を輝かせている。助手として今日もちゃっかりついて来ている来宮である。

結局、相手が忙しいとかで夕方六時からの面談となった。十二日、木曜日のことだ。

正面受付が時間外なので、傍らにある夜間緊急受付の小窓に来意を告げる。そして制服の警官に小さな部屋に案内された。

二階に上がって通されたそこは、小ぶりな会議室らしかった。装飾性を極力省いた部屋で、長テーブルが四つ並び、簡素なパイプ椅子が揃っている。質実剛健というか実用本位というか、全体的に無機質な印象だ。かといって、警察っぽい厳《いか》めしさも感じられない。来宮が物珍しげにきょろきょろしている。

待たされることなく、鷲津刑事が入室して来た。葬儀の時に会った刑事だ。年は四十くらいだろうか。鳥の名の入った姓だけど、野生の大型猫科肉食獣のごとき鋭い目つきをしている。痩せ型の体軀《たいく》は身のこなしもしなやかで、ピューマやジャガーを連想させる。

高文と来宮が並んで座る長テーブルを挟んで、鷲津刑事もパイプ椅子に腰かける。

「すまないね、こんなところで。急なことで応接室の使用申請が間に合わなかった」

あまりすまなそうでもなく、鷲津刑事は云う。声質は低く、喋り方も俊敏な獣のごとくきびきびしている。

「さて、早速だが用件を伺おう。こう見えて私も多忙なんでね」

テーブルの上で両掌を組んで鷲津刑事は云う。

高文も単刀直入に、

「志田真帆子の転落死、あれを警察はどう見ているんでしょう、事故ですか」

鋭い目でじっとこちらを見てきて鷲津刑事は、

「事故を疑う合理的な理由はない」

「では、殺人ではないと断定しているんですか」

「断定はしていない」

と、刑事はテーブルの上で組んだ両掌を解いて、

「ただ、事件性を匂わせる客観的事実が見つかっていないのも確かだ」

「しかし、本人がつけ回されていると云っていました。あれは考慮してくれているんでしょうか」

「無論、きみから伝えられた情報は上にも報告済みだ。だからこそ、まだ事故とは断定できないでいる。我々も慎重に捜査をしている」

と、ここで来宮が横から口を挟んできて、

「事故でも殺人でもないケースってあるんでしょうか」

鷲津刑事は、被害者の従弟のおまけになぜかくっついてきている若い女性を何者か問うでもなく、

「他の可能性はまず考えられない。ご遺体からは薬物摂取の痕跡や不自然な外傷等は何も見つかっていない。死因も頸椎《けいつい》損傷によるものと監察医のお墨付きが出ている。即死だっ

たらしい。あの階段を転落したのが直接の死因だと判断して問題はない」

「あの階段だったら私達も見てきました」

来宮が云うと、鷲津刑事はうなずき、

「そうか、急角度の階段だったろう」

「はい」

「年に数件、転落事故が起きている。死亡例は何十年ぶりだそうだが。行政も今回の一件で危険性に着目して、手摺りの設置など対応策を講じるということだ。お役所仕事というのはいつも後手後手に回る。我々も人のことは云えんが」

と、鷲津刑事は椅子に深く座り直し、

「いずれにせよ鑑識も入って現場は徹底的に洗った。しかし不審点は見られなかった」

「事故の可能性が高いということですか」

と、高文は不安になって聞く。鷲津刑事は表情を変えることなく、

「動機面でも事件性は薄いという印象だ。周囲の人達からは一渡り話を聞いた。亡くなった志田さんは人当たりがよく、他人とトラブルを起こすタイプとは思えない。というのが証言の一致した見解だ。異性関係の問題の形跡もなし。きみの従姉は他人から恨みを買って狙われる人柄ではまったくない、そういうイメージが聞き込みを重ねるごとに強くなる

ばかりだ」

「しかし、逆恨みということもあるかもしれません。それに変質者のストーカーなども。現に尾行されていたわけですから」

高文が云い募ると、相手はじっと野生の肉食獣じみた目で見てきて、

「本人も、気のせいかもしれない、と云っていたんだろう」

「それはそうですけど、でも――」

「何より、目撃者がいる」

ぐずぐず云う高文の言葉を、刑事はぴしゃりと断ち切ってきた。

「決定的な目撃者だ。その人物が一部始終を見ている。明確に事故だと証言している」

「信用できるんですか、その目撃者は」

「今のところその人物の証言に疑いを差し挟む理由はない」

断言する鷲津刑事に、

「その証言、詳しく聞かせていただけませんか」

高文は頼み込む。

「お願いします。従姉の最期がどんな様子だったのか、どうしても知りたいんです」

鷲津刑事はしばらく黙ってこちらを見ていたが、やがてため息混じりに、

「やれやれ、仕方がない。話さないときみは現場の周辺住人に聞き込みに回りかねない。そんな迷惑行為をされて通報が相次いだら、うちの制服組が疲弊する」

と、腕組みをすると、

「別に捜査上の秘匿事項というほどのものでもないしな。ただし、個人情報保護に抵触しない範囲でだ。構わないな」

「ありがとうございます」

高文の熱意が通じたのか、それとも怖い目つきの刑事が意外と親切なのか。

「目撃者は宅配業者の青年だ。もちろん会社名も氏名も伏せるが、生前の被害者とは何も接点はなく、虚偽の証言をするメリットもない。裏取りの結果、善意の第三者だと確定している。その彼が見ていた」

と、鷲津刑事は腕組みをしたまま話し始める。

「先週の水曜日、四日のことだ。時刻は二時三十分少し過ぎ。目撃者は荷物用のカートを押してあの階段の下まで来た。現場に行ったのなら判るだろう。階段の下の舗道だ。彼はあの舗道を北から南へ移動していた。そしてたまたま階段の真下でカートを止めて、お客さんからの電話に出ていた。通話中にちょうど、志田真帆子さんが道の南からやって来て階段を上り始めた。目撃者は電話の応対をしながら、志田真帆子さんが階段を上がって行くのをずっと視界の隅で捉えていたそうだ。特に何も思わず、動いているものがその女性だけだったから、意識するでもなく目で追っていた、とのことだ」

鷲津刑事は腕組みを解くと、左手で階段の傾斜を表し、右手の指でそれを見上げる視線を表現する。

「そして電話を切ったタイミングで、女性がちょうど階段の一番上の段に足をかけたのを見たそうだ。その時、猫の鳴き声がした」

「猫、ですか」

と、来宮が割り込む。鷲津刑事は律儀にうなずいて、

「そう、現場を見てきたのなら判るだろうが、あの階段の両脇には低木の植え込みがある。あの植え込みの中、階段のほぼ中ほどの位置だったそうだ」

「そこで猫が鳴いた？」

来宮が聞くと、鷲津刑事は再びうなずき、

「植え込みが邪魔で姿は見えなかったそうだが、鳴き声は確かに聞こえた。目撃者はそう証言している。彼は無類の猫好きだそうで、近所の猫が遊びに出ているのなら是非その姿を見たいと、植え込みのほうを凝視したそうだ。視界の上のほうに見える女性も、段の一番上に片足をかけて上半身を捻り、猫の声がした辺りを見ていたらしい」

真帆姉も猫が好きだった。自宅で飼っているミミちゃんというキジシロをかわいがっていた。その時も、猫の声に思わず振り返ったのだろう。高文はそう見当をつけた。

「目撃者が猫のほうへ行こうと一歩踏み出したその瞬間だったそうだ。突然、階段の上の女性が落ちた。本当にいきなりだったと証言している。上体を捩《よじ》った少し危険な姿勢だったが、それ以外は何の前触れもなく、いきなり階段を転げ落ちてきたらしい」

高文は息を詰めて聞き入った。何の相づちも打てないでいた。

「目撃者の目にはあっという間の出来事だったそうだ。何しろあの急勾配だ、途中にストッパーになるような物など何もない。落ちるスピードも速かったらしい。突然転がり落ちてきて、息を呑んでいるうちに下の舗道まで転落した。身動《みじろ》ぎ一つする暇もなかったという。彼は慌てて駆け寄って、大丈夫ですか、と声をかけた。しかし意識がないようなので、すぐに救急車を呼んだ。だが駆けつけた救急隊員には為《な》す術《すべ》がなかった。即死だったからだ。それで我々の出番となった。目撃者の証言はここまでだ」

生々しい話にため息をついてから、高文は質問してみる。

「その時、真帆姉——その女性は一人だったんですか」

鷲津刑事は答えて、

「他には誰の姿も見てはいない、目撃者はそう証言している」

「上の段で突き落とした人影を見た、というようなこともなかったんですね」

その問いに、鷲津刑事は無言だが力強くうなずいて肯定する。

「尾行していた者もいなかった？」

「無論だ。終始一人だった、というのが目撃者の話だ」

「そうですか」

そうつぶやいたきり、高文は何も云えなくなってしまった。

重要な目撃証言だった。しかも心証としては事故としか思えない。これでは警察が、事件性はないと判断するのもやむを得ないだろう。

ああ、だから葬儀の際、尾行者の話を高文がしても鷲津刑事の反応が薄かったわけか。

高文はそう納得した。

沈黙を破ってドアが開いた。

ドア口に、鷲津刑事より少し若い男が顔を覗かせる。スーツ姿だから刑事だと思われた。

「あ、鷲津さん、ここにいたんですか。例の空き巣のファイル、まとめておきましたよ」

「おお、すまんな」

と、鷲津刑事は答えて立ち上がり、ドアのところまで歩いていくと、青い表紙のバインダーを受け取った。年下の刑事はちらっと来宮を盗み見てから、顔を引っ込める。

鷲津刑事はこちらを振り返り、

「すまないがもう時間だ。いくつも別件を抱えているんでね。今回の件に関しては、恐らく今月いっぱいだな。それまでに新事実が出なかったら、上も事故と断定するだろう。そうなれば――」

と、青いバインダーをぱんと一度叩いて、

「こんな具合に書類にまとめられて、事件はすべて終了するわけだ」


警察署を出ると、外はもうまっ暗だった。来宮に付き合って阿佐ヶ谷まで移動した。その勢いで以前と同じ焼き鳥屋に入る。遅くなったので夕食を兼ねて呑むことになった。とりあえず生ビールを注文。焼き鳥を中心に食べ物を何点か、店員さんに頼む。先に来たジョッキで、まずは何となく乾杯。

ぷはっと一口呑んでから、来宮が言葉に出す。

「刑事さん、事故って云ってたね」

「うん」

高文は曖昧《あいまい》な返事をした。

「あの目撃証言も、臨場感あったし」

と、来宮は、ジョッキの取っ手部分を指でなぞりながら云う。

「あれじゃ誰がどう聞いても事故にしか思えないじゃない、ねえ」

「まあ、そうだけど、ちょっと咀嚼《そしゃく》する時間がほしい」

「ん、判った。高文がそう云うんなら、今日の捜査会議はなし？」

「そうだね、ここであれこれ云ってもあの証言が覆《くつがえ》るわけでもなし」

高文は、まだもやもやしたままで答えた。

あれほど具体的な話を聞いた後でも、未だ釈然としない自分がいる。

それはどうしてか。

恐らく、真帆姉の死を受け入れるのが怖いだけなのだろう。それは自覚している。

さらに、真帆姉の死という重い事実が事故としてあっさり処理されてしまったら、それが不当に軽く扱われているような気がしてならない。重大なことを殊更軽視されているみたいで、それに引っかかりを感じ得心がいかない。

どうにも煮え切らない気分だった。

そんな気持ちを持て余し、軽くため息をつく高文に、来宮は敢えて明るく、

「だったら今日はただの呑み会だね。警察でヘビーな話を聞いた慰労ってことで」

「そうだね」

と、半分上の空で高文は応じる。

「高文はあんまり呑み会ってテンションじゃないみたいだけど」

と、来宮は苦笑しながら、

「おっと、そうだ、ただの呑み会なら――」

スマホを取り出し、電話をかける。

「あ、もしもし、ギコちゃん、夕飯どうした？　だったらちょうどいい、来ない？　駅前の焼き鳥のお店、そうそう、提灯の。あ、おまけがいるけどいい？　沢木高文って覚えてるかな、そうそう、イトコンの。うん、探偵活動、終わったからちょっと呑んでる。うん、うん、判った、じゃ後でね」

と、来宮は通話を切った。高文はつい詰問口調になってしまって、

「ちょっと待て、きみ、ギコちゃんにも話してあるのか」

「探偵活動のこと？　一応云ったよ、帰りが遅くなることもあるかもしれないし。でも心配要らないよ、活動内容は一つも漏洩《ろうえい》してないから」

「そっちじゃなくて、イトコンの話」

「ああ、それ。もちろん話したけど」

けろっとしている来宮に、

「おいおい、勘弁してくれよ」

と、高文は頭を抱えた。

イトコンというのは来宮に云わせると〝従姉コンプレックス〟の略らしい。マザコンやシスコンはあるけど、高文みたいに従姉大好きな場合は何て呼ぶんだろうね――と来宮は長いことその呼称に迷っていたようだ。しかし短大時代に、とうとうその答えを見つけた。東海地方から関西圏ではしらたきのことを糸コンニャク、略して糸コンと呼ぶらしい。そういう知識を、そっちの地方出身の友達から得た。糸コン！　これこそ従姉コンプレックスの略称に相応《ふさわ》しい。来宮はそう発見してしまった。イトコン。実に的確な略語ではないか、と来宮は自画自賛するのだが、そう呼ばれるこっちの身にもなってみろ、と高文は思う。その間の抜けた語感と、情けない響き。会う人ごとにそう紹介されるのだからたまったものではない。当然、その略称の由来まで事細かに添えて。

「だって高文のことどう紹介したらいいのか判らないんだもん。同じ高校の同級生でも、芝山くんは絵が上手くて武蔵野美大へ行ったたって簡潔に云えるでしょ。児玉くんも高校ラグビーで鳴らして今は社会人ラグビーの選手やってるって、一言で紹介できるし。その点高文はどう云えばいいの。真帆子さんのこと人前でも真帆姉って呼ぶとこくらいしかないんだもん」

というのが来宮の主張だ。確かに高文にはこれといって特徴があるわけではない。一浪も別に珍しくもないだろうし、音痴くらいではインパクトが弱い。来宮の主張に真っ向から対抗できるほどの目立つ点がないのは認めよう。だからといってイトコンはないだろう、イトコンは。もっと他にないのか。ほとんど実の姉のような従姉なのだから、姉と呼ぶしかないだろうに。そう大いに不満を感じる高文である。

そんなことより、ギコちゃんが来るようだから、高文もその前に一本電話を入れておこうと思う。

わざわざ警察へ出かけて行っても、事故の心証しか得られなかったけれど、まだやるべきことがある。

『迷ったらまず正面に進め、進めばそれが正しい道になる』だ。

電話の相手は小金井の伯母である。真帆姉の母親。幸いすぐ出てくれた。

「あ、伯母さん、高文です」

『ああ高ちゃん、こないだは色々ありがとうね』

「いえいえ、ところで伯母さん、いきなりですけど、唄川《うたがわ》さんって知ってるよね、唄川みどりさん」

『そりゃ知ってるけど、どうしたの』

「連絡先って判るかな」

『えっ、何？　これ、ミミちゃん、噛んじゃダメでしょ、はい、いけませんよ、いい子にしててね、ほら、そこ下りて』

伯母が突然、猫撫で声になる。当たり前だが、相手は猫だ。ミミちゃんが邪魔をしに来たのだろう。真帆姉もかわいがっていた。

いや、ミミちゃんはどうでもいい、唄川みどりさんだ。唄川さんは真帆姉の女子大時代からの親友である。高文も一度だけ会ったことがある。

昨年、まだ高文が大学一年生の時だ。唄川さんの引っ越しとかで、男手が要ると云われた。それで手伝いに行った。大きな物じゃないから一人でも運べるよね、ということだったけれど、大変な目に遭った。

確かに荷物自体は大きくはなかった。普通のサイズの段ボール箱だ。ただし異様に重かった。中に何が入っているのか尋ねると、本だという。そりゃ段ボールいっぱいに本を詰めたら重いよ、と呆れたものだ。高文は必死でそれをハイエースに積み込んだ。箱は十六個あった。腰をやられ、一週間動けなかった。

『ごめんね、高ちゃん、何だって？』

と、電話の向こうの伯母が云う。ミミちゃんはおとなしくなったらしい。

「唄川さんの連絡先、判るかな？」

『そりゃ判るけど、ちょっと待ってね、私のスマホにもアドレスが――あ』

「何？」

『あのね、こういうのって簡単に教えちゃいけないんじゃなかったっけ。ほら、個人情報保護とかで。いくら高ちゃんでも、若い女の人の連絡先、私が勝手に教えたらよくないんでしょう』

困惑したような声で伯母は云う。

ああ、確かにそうだ。常識的に考えて伯母の云うことが正しい。高文が変態ストーカー男で、唄川さんの個人情報を知りたがっている可能性だってゼロではないのだ。世の中には、一度しか会っていない程度の相手に異常な執着心を持って、つきまとうような変質者だっている。ろくに人柄すら知らないのに一方的に懸想《けそう》して異様にねじ曲がった愛情で、相手が自分のものだと思い込んだ挙げ句、傷害事件を起こすような者もいるのだ。

もちろん高文はその類いのアレな人ではないけれど、それを他人に証明して見せる方法はない。

「じゃ、こうしましょう」

と、高文は提案する。

「お使い立てして申し訳ないんだけど、伯母さんから唄川さんに連絡してくれませんか。それで、真帆姉の従弟が話を聞きたがっていると伝えてほしいんです」

『私は構わないけど、伝えてどうするの』

「僕のメールアドレス、知ってますよね。それを唄川さんに教えてあげてください。それで向こうから僕に連絡を取るように、お願いしてほしいんです」

唄川さんもさすがに、段ボール箱十六個の刑に処した哀れな男のことを忘れてはいないだろう。真帆姉の従弟という身元も確かだ。話をしたいと云えば、きっとメールをくれると思う。

『ああ、それなら別に問題ないねえ、判った、連絡してみる』

「すみません、お手数おかけしますけど、お願いします」

伯母に頼んでから電話を切った。

「何、誰かと会うの？」

高文の会話を向かいで聞いていた来宮が尋ねてくる。

「うん、真帆姉の親友。何か知ってるかもしれない」

「ふうん、なるほどねえ」

と、来宮がうなずいたところでギコちゃんがやってきた。

来宮はいつも持っている例の臙脂色の大きなトートバッグを移動し、ギコちゃんのために隣の席を空けてあげる。

そこに座ったギコちゃんは、

「すみません、生一つ」

と、店の人に注文している。

相変わらずの美人っぷりだった。大きな瞳とすっきりした鼻筋で、ボブカットが似合っている。人気バンドを夢見るギタリストは、ちょっとびっくりするくらい整った顔立ちをしているのだ。

美人ギタリストはビールが来るとぐいぐいっと気《き》っ風《ぷ》良く喉に流し込み、半分ほどに減らした。仕草もカッコいい。よく通るアルトで、料理をいくつか注文する。

高文は会うのが今日で三度目、だったろうか。一度目は、例の真帆姉のヨガ教室無料体験レッスンの時だ。来宮がサクラの動員をかけてくれた際、ルームメイトの誼《よしみ》で参加してくれた。

二度目はそのお礼として今度は高文が、彼女のバンドのライブに行った。チケットのノルマがあるというのだ。

来宮と二人で出かけた下北沢のライブハウスは、狭くて古い会場だった。ぎゅう詰めの客席で、慣れないロックを立て続けに聴いた。四組ほどの他のガールズバンドとの対バンだったのだ。

音楽はからっきしの高文だけど、他のバンドと較べてギコちゃんのグループが一番上手かったと思った。特にギコちゃんのギターは迫力があり、歌声も変にシャウトしない正統派の歌唱法で、まっすぐに声量豊かで伸びやかなボーカルは、お世辞抜きにカッコよかった。

終演後、ギコちゃんと面会してそう率直な感想を伝えると、

「そうですか」

と、素っ気ない答えが返ってきた。整った顔立ちに笑みの成分は皆無だった。

帰り道に、

「僕、何か気に障るようなこと云ったかな」

と、来宮に聞くと、

「気にしないで、ギコちゃん、あれがデフォルトだから。クールなんだよ」

とのことだった。

そして今夜のギコちゃんも飛び切りクールだった。

無駄口は一切叩かず、運ばれてきた料理を淡々と口に運び、合いの手にビールのジョッキを傾ける。焼き鳥、もつ煮込み、ししゃも焼き、パリパリキャベツなどを粛々と平らげていく。行儀よくきれいな食べ方だけど、黙々としたその様子は丁寧すぎて、何かの儀式みたいにも見える。

高文も口下手なりに気を遣って、

「ギコちゃん、最近いい曲できた？」

「ライブ、お客さん入ってる？」

「バンドメンバーさん、元気？」

などと話を振るが、相手は冷淡に、

「まあまあです」

「そこそこです」

「元気です」

と、恐ろしく突《つ》っ慳貪《けんどん》な返事があるばかり。取り付く島もない。これはさすがに、高文の会話スキルに問題があるせいばかりではないと思う。

ギコちゃんは粛々と料理を平らげ、ジョッキを三杯空けると、満足したように大きく一つ息をついた。

そして財布を取り出し、紙幣を三枚、そっとテーブルに置くと、

「じゃ、私、先帰ってるから」

と、来宮に告げ、席を立つ。

高文が何と声をかけようかと躊躇《ちゅうちょ》している間に、ギコちゃんは颯爽《さっそう》と立ち去ってしまった。いっそ天晴《あっぱ》れなほどのクールっぷりである。

ギコちゃんがいなくなった席で、高文は恐る恐る来宮に尋ねる。

「僕、彼女に嫌われてるのかな」

「何で？」

来宮は不思議そうな顔で、きょとんとしている。

「だって今の感じ、いくら何でも塩対応すぎじゃないのか」

「だからギコちゃんはいつもああなんだってば。冷静で物静かで」

いや、冷静ってレベルじゃないぞ、と高文は思う。あれじゃ初対面の相手は絶対に嫌われたと思い込む。ドライというか無関心というか、なるほど、来宮が距離感があるというのもうなずける。

と、唐突に来宮がくすくす笑いだした。

「何、急に」

面喰らって高文が聞くと、来宮は、

「ごめんごめん、ちょっと思い出し笑いしただけ」

「気色悪いよ、それ。で、何を思い出した？」

高文の質問に、来宮は少し真顔に戻りながら、

「短大時代にね、ほら、ギコちゃんずっとクールでしょ。だから仲間内で、何を考えてるんだろうねって話になって。人間ってさ、起きてる時、大概何か考え続けてるじゃない。よっぽどぼーっとしている時以外、常に何事か頭に浮かんでるでしょ。ギコちゃんの場合、どんな感じなんだろうって話し合ってて、そのうち友達の一人が結構突飛なことを云い出して」

突拍子もないことを云い出すのは来宮の専売特許のはずだけど、たまには別の人がその役割を担うこともあるらしい。

「突飛って、どんな？」

「案外ギコちゃん、頭の中では饒舌《じょうぜつ》だったりしてって。こんな具合に。『はい、っというわけでね、今日は代官山へとやって来たわけなんやけど、いやあ、偉いもんやなあ、さすがにお洒落な街やねえ、正味な話。ホンマ、歩ってる人もシャレオツな人ばっかかやで。お洒落さん、お洒落さん、一つ飛ばしてお洒落さん。って今一つ飛ばした人、エライTシャ

ツ着てはったなあ、何やねんあれ。〝私の体はお米でできてるの〟って、どんな主張のTシャツやねん。そんなん堂々と前面に押し出されたかて、反応に困るっちゅうねん。我が強すぎるで、ホンマにしかし。そうはいっても我が強すぎへんのも困りもんやね。ショップ行ってな、このマネキンの上から下まで全部くださいっちゅうてね、コーディネート全部マネキン任せでね、あんたの個性はどこに置いてきたねんっちゅう話や。我が無いにもほどがあるやろ。こうブラウス着てな、でスカート穿《は》いてな、それでもってジャケット羽織ってな、それからこの値札つけてな、そうそうあとマネキンに貼ってあった〝現品限り〟ってこのポップも胸につけてな、ほら、これで完璧や、って何でマネキンそのままやねんっ、現品限りって何やねんっ。そらそうやろうけどもっ。あんたはこの世に一人しかおらへんのやから現品限りやろうけどもっ。そういう意味ちゃうっちゅうねん。逆に我が強いやろ、そこまでいったら』」

「あのさ、来宮」

「なあに」

「弁舌さわやかなところ申し訳ないんだけど」

「うん」

「ギコちゃんって関西出身なの？」

「違うけど。確か金沢」

「だったらどうして関西弁なの？　しかもお笑いさんみたいなコテコテな」

「さあ、そのほうが面白いから、かな」

「あとさ、来宮」

「何」

「長い、ネタが」

「ごめん」

しばらく二人で黙って呑んだ。

人は大概何か考えているものだ。そう来宮は云った。

確かにそうだ。何も考えないというのは、かえって難しい。常に何らかのことが頭に浮かぶ。それを止めることは、なかなかできない。

真帆姉はどうだっただろうか、と思う。

普段、何を考えていたのだろう。

いつもふうわりとゆったりしていた真帆姉。その頭の中はどうなっていたのだろうか。

まさか今の来宮の冗談みたいに、饒舌だったとも思えないが。

しかし、何かを考えていたのは確かだ。人は無の境地には辿り着けないのだから。

一体何を考えていたのかは、今となってはもう判らない。

判らないのは淋しい、と思った。本人に聞いてみることが、もう叶わない。

それがとても残念だ。

たまらなく悲しく感じた。

「おい、高文」

と、いきなり来宮が呼びかけてきた。

考え込んでいた高文は、現実に引き戻される。

正面に座る来宮が、心なしか睨みつけるみたいな目つきになっていた。

「今、何考えてた？」

ちょっと乱暴な口調の来宮。何だ、酔っぱらったのか、とも思ったが、いや、そんなに呑んではいないはずだ。

「高文、今、ギコちゃんのこと考えてただろ」

「えっ？」

予想外のことを云われて、ちょっとびっくりする。

「いや、考えてないけど」

「いいや、考えてたね、美人を見るとすぐそれだ、男どもはみんなそうなんだよ。高文だってそうだろ、ギコちゃんの残り香嗅いで喜んでたんだろう、このエロガッパ」

「いや、エロガッパって――」

「あんたは今、真帆子さんの事件の真相を暴く大事な使命のまっ最中だろうが。その最中にだよ、美人に見とれて鼻の下伸ばしてるって、どういう料簡《りょうけん》だよ、このエロ高文」

理不尽な絡まれ方もあったものである。何だこれは、急にどうした。と高文は戸惑うが、来宮は猛烈に不機嫌そうに、

「大切な人のこと忘れて、かわいい女の子のこと考えてデレデレしてるなんて不届き至極。従って高文、今日のあんたはダメ人間だ。人間としてダメ、態度がダメ、生き方がダメ。ダメダメダメダメの最低男だよ、この野郎。人の気も知らないで、間の抜けた顔しやがって。もっとしゃんとしろっていうんだよ、このダメ高文」

この後、延々説教された。

そういえば、何年か前にもこうやって来宮に頭ごなしの説教をされた覚えがあるぞ。と思い出してきた。はて、あれは何の時だったっけ。来宮に絡まれながら、高文は頭を捻る。

しかし、耳元でがなり続けられていては、記憶を辿ることも困難だった。

♡

ああ、やっちゃったよ、大失態。

ひどいよ、あれはないよ、何やってるの。

もう、私のバカ。

何なのよ、高文に対してあの態度。

しかも今回が初めてじゃないし。

本当に、どういうつもりよ、私。

なんで素直になれないかなあ。

あー、自己嫌悪。最悪。どうしてあんななの。いつも私はこう。それで後になって落ち込むんだから、処置なしだよ。ホントにもう。

この性格はどうにかならないのかね。

あんなだったら、高文に嫌われるに決まってるじゃない。

最低じゃないの、私。どうしたらいいのよ。ごめん、高文。ホント、許して。

あー、もう、やだやだ。

いいや、こんなことぐちゃぐちゃ考えてたって仕方がない。

えーい、もう悩むのやめやめ。

切り替えていこう。

そう、メゲないのが私の取り柄。

うん、やめた。ヘコむのおしまい。

今度会ったらしれっとしていよう。何かありましたっけって顔してればいいや。

嫌なことは忘れるに限る。そうしよう、もう考えない。

そうそう、いいことだってあるじゃない。

警察で聞いた話。

どうやら警察の見解では、真帆子さんの一件は事故という方向に大きく針が傾いているみたい。

例の、目撃者の証言というのもそれを後押ししている。

宅配の配達の人、だっけ？　いい仕事してるじゃん。ナイス目撃。

それにしても、あの時、階段の下にそんな目撃者がいたなんて全然気がつかなかった。

私が木の裏に隠れていた時に、その配達員さんが来たわけね。

それって結構危なかったんじゃない？

あの時私がヘタに飛び出して行って真帆子さんを突き落としていたとしたら、目撃者にばっちり見られていたわけだよね。

いやあ、危ない危ない。

思いっきり殺害現場を見られるところだった。

鏡にしておいて正解だった。私もナイス判断。

それに、真帆子さんが落ちた後、下を覗き込んで確認したりせずに立ち去ったのもツイてたのよね。もし上から見下ろしていたら、目撃者と目が合ってたかもしれないんだから。

おお、危機一髪じゃん。

ホント、危ない危ない。

けど、上手いこと危機を避けられてラッキー。

私ってば運命の神様に守られてるみたい。

警察も、殺人だなんて疑っていないみたいだし。

とても良い方向に向かってるんじゃないかと思う。

もうすぐ警察が事故と断定して正式発表も出ることだろう。そうすればさすがの高文も諦めるんじゃないの。

それで終わればオールＯＫ。

私の犯行だってバレないで済むしさ。

そういえば刑事さんは動機が見当たらないって云ってたよね。

そりゃそうだ。判りにくいもん。

真帆子さんの周りをいくら嗅ぎ回ったところで、私の動機は摑めっこない。真帆子さんに恨みがあるわけでもあるまいし。

すべては高文のためなんだから。

真帆子さんには高文の近くにいてもらっちゃ困るんだよね。

憧れのお姉さんが常に側にいたりしたら、高文ったら恋もまともにできやしない。

それにお姉さんっていっても、本物の姉じゃないんだし。

従姉弟同士って恋愛しても結婚しても、何の問題もないんだよね。法的にも倫理的にも。

それに気付いた時、私はちょっと戦慄しちゃったよ。

もしかしたら高文は、そういう目で真帆子さんを見ているのかもしれない。

そう思うと、私、おろおろしちゃったね。

怖くて堪《たま》らなくなった。

でも、真帆子さんを高文から遠ざけるのは、多分無理。

高文の心はきっと真帆子さんに捉えられたままだ。

たとえ真帆子さんがどっかの誰かと結婚したとしても、純情な高文の思慕は萎《しぼ》むことはないだろう。

だから真帆子さんには消えてもらうしかない。物理的に、この世から。

これが私の動機だ。

要は、高文をイトコンの呪縛から解放するため。

相手が死んでしまえば、さすがに高文の心から彼女を追い出すことができるだろう。

そうでもしなくちゃ、私との仲が進展しないじゃないの。

だって私と高文の出会いは運命なんだから。

誰にも邪魔なんてさせない。

障害物は排除するしかない。

それが愛の力よ、愛の。

だから殺した。

後をつけ回して機会を窺《うかが》った。

そしてあの日、決定的なチャンスが回ってきた、というわけ。

たかが手鏡一つであんなに上手くいくとは思わなかったけど、これはやっぱり、運命の神様が私の味方をしてくれているんだよね、きっと。

そうじゃなくっちゃあんなに上手く殺せたはずがないもの。

私こそが高文と結ばれる運命なんだからね。

運命の恋。

ありゃまあ、私ってば、ロマンス小説のヒロインか何かみたいじゃないの。

照れちゃうなあ、うへへへへ。

って、油断してちゃいけないいか。

まだまだ気が抜けない。

警察が事故だと断定するまで。

気を引き締めていかないとね。

♠

唄川みどりさんからの連絡は翌、十三日に来た。メールが届いたのだ。伯母に仲立ちを頼んだ真帆姉の親友である。本入り段ボール箱十六個運搬事件のことを、相手も覚えていてくれた。

こちらからもメールを返信し、週明けの月曜日、十六日に会う段取りがついた。場所は大宮。大宮は、かの段ボール十六箱を降ろした町である。

キャンパス内でメールのやり取りをした高文は、昼すぎに来宮にＬＩＮＥを入れた。

〈ＯＫ　十六日ね　空けとく〉

〈よろしく〉

〈土日はバイト三昧だけど〉

〈僕も土日はバイトだよ〉

〈こっちは今もバイト中　マジメな勤労者を誉めろ誉めろ〉

来宮のLINEはいつもの調子で、どうやら昨夜の絡み酒の一件はなかったことにしようとしている様子だ。

〈でもどうして土曜や日曜に会わないの　唄川さんってお勤めの人じゃないの〉

と、来宮は疑問を呈してきた。

〈さあ　そこまでは聞いてない〉

高文はそう返事をしておいた。

高文のバイト先は新宿の書店で、土日はみっちりシフトを入れている。探偵活動は週明けまで持ち越しとなった。


そして十六日、月曜日の午後二時前。

秋晴れの空の下、高文と来宮は大宮の駅に降り立った。

駅前は想像していたよりも大都会だった。大きなビルが建ち並び、人も多い。重量級段ボール十六箱事件の時は、唄川さんの引っ越すマンションまで車で直接行ったので、駅前の風景までは見ていなかった。正直、埼玉を見くびっていた。申し訳ない、と思う高文だった。

駅の周辺にはきれいな建物も多く、小洒落た店も建ち並んでいる。

待ち合わせたのも、そんな美麗なティーラウンジだった。南面が全面大きなガラス窓になっていて、採光性は抜群。午後の日差しが店内に、柔らかく降り注いでいる。席と席との間隔もゆったりと空間が取られていて、広々としている。ちょっと気後れするほど洒落た店構えだった。

窓際の席に、唄川みどりさんが座っていた。

一度会っているので顔は判る。真帆姉と同級生だから二十六歳。瞳の大きい、きれいな女性だ。ただし、前に見た時より心なしか痩せて見える。

向こうも高文に気付いたようで、片手を上げて微笑んできた。

そちらに近寄って高文は、

「お久しぶりです。今日はわざわざすみません」

挨拶をすると、唄川さんは無言で椅子を勧めてきた。来宮は例のホニャララのブランドバッグを椅子の背もたれに引っかけ、手ぶらの高文はそのまま一礼して座った。

高文と来宮が並び、唄川さんと向かい合う配置になる。

唄川さんは首にストールを巻いていた。そのストールの辺りを指で示し、何かを身振りで伝えようとしている。

何だろう、と高文が訝《いぶか》しく思っていると、唄川さんは傍らからタブレット端末を取り出してこちらに向けてくる。

文字が並んでいた。手書きらしい字で、あらかじめ書いてあったもののようだ。

来宮と顔を見合わせ、高文はそれを読む。

『喉の手術をしました　今声が出ません　失礼だけどこれで筆談します』

唄川さんは右手を自分の顔の横に上げ、人差し指で口から喉の奥をつつくみたいな仕草をした。

「えっ、喉、大丈夫なんですか」

来宮が驚いたように尋ねている。決して好奇心や野次馬根性からの問いではない口調なので、不躾《ぶしつけ》な印象はない。心の底から相手をいたわるニュアンスが出ているから、不快感を与えないのだ。この辺りが来宮の美点である。自然に気遣いができて、底意なしに素直に発言できる。口下手な高文だとこうはいかない。助手として、なかなか頼りになる。

唄川さんはにっこり笑って、タブレットを自分のほうに向けてから操作する。右手にタッチペン。何か書いている。そして書き終えると、画面をこちらに向けた。

『ご心配なく　良性のポリープを切除しただけ　もう全快　痛みもなし』

書き文字を表示するアプリを使っているらしい。画面右上をタップして今書いた文字を削除すると、唄川さんは再びタッチペンをタブレットに走らせる。

『ちょっと大きめのポリープ　声帯の近くを切った　でもあと10日くらいで声も元通り』

また消して、書く。かなり速いペン捌《さば》きである。

『先週まで入院　やっと解放　ゆううつだった』

画数の多い漢字は面倒なようで、ひらがなだった。自動で漢字変換する機能まではないらしい。

『固形食が食べられなかった　今も制限あり　でもやせたのはケガのこうみょう　水分はいいけど』

そう書いて、唄川さんはお茶のカップを手に取った。それを機に、高文達も飲み物を注文する。

来宮は心配そうに、

「でも、大丈夫ですか、出かけて来たりして」

聞くと、唄川さんは左手をぱたぱたと振ってからタッチペンを動かす。

『大丈夫　大丈夫　外に出たくて仕方なかった　会社を休めるのはいいけど　でもうっとうしい入院　外でお茶したかった　優雅にね　病院がいんきくさくて　その反動』

と、悪戯《いたずら》っぽく笑って唄川さんは、

『ただ　土日は人ごみがちょっとね　まだリハビリ中　声が出せるようになるまで人の多いのはさけたい　月曜でよかった？』

「お気遣いなく」

と、高文は、首を横に振って答える。そんな高文を大きな瞳で見てから、唄川さんはペンで書き、

『ひっこしのときはありがとうね　前よりたくましくなったかな』

「いえ、そんなことは」

口下手な高文としては短く返事をするだけだ。

『こちらは？　彼女さん？』

と、素早くタブレットに書き込んだ唄川さんは、来宮に目を向ける。

「嫌ですよう、彼女だなんて、私はただの付き添いで。来宮美咲といいます。高文の調べものの助手みたいなもので、彼女とか、とんでもないです」

と、云いながら、肘で脇腹をぐりぐりしてくるのはどういう意味だ、来宮よ。

『くるみやさんも学生さん？』

唄川さんは重ねて尋ねてくる。来宮はふるふると首を振って、

「いえ、私はフリーターです。何になるか探している最中なんです」

臆面もなく云う。こういうことを照れずに主張できるのも来宮らしい、と思う。

いやいやそんなことより、と高文は気を取り直して、

「あの、今日お時間を作っていただいたのは、真帆姉のことです」

と云った。唄川さんは、一度うなずいてから目を伏せ、

『お悔やみもうしあげます　私もショックだった　女子大時代からずっと仲よくしてたから』

そこでペンを止め、しんみりとした表情になる。高文は無言で頭を下げた。唄川さんも親友を失って悲しいことだろう。どう言葉をかけていいのか判らない。

タイミングよく、そこへ高文達の飲み物が運ばれてきた。しばらくの間、それに口をつけてしめやかなムードをやり過ごす。そして、高文は椅子の上で居ずまいを正し、改めて、

「あの、唄川さんのところにも警察は来ましたか」

と、尋ねる。店内は、席と席の間がゆったりと離れている。多少物騒な話題になっても、周りに聞かれる心配はない。

唄川さんはうなずき、タッチペンをタブレットの画面に走らせる。書き終わると、こちらへ向けてくれた。

『先々週　病室へ　まだ痛みがある時なのに　色々聞いてきた　しつこかった』

と、ストールの上から首の辺りを撫で、顔をしかめた。そして一旦画面を消去して、また書き始める。タブレットの面積に限りがあるから、長い内容は何度かに分割して書く必要がある。

『真帆子の人柄、交友かんけい　異性かんけい　人にうらまれるようなことはなかったか』

唄川さんは、さらにもう一度消し、

『私はあまり役にたてなかった　大したじょうほう持っていないから　ぶなんな答えしかできない　うらまれるようなこともない』

「それ、こーんな目つきの刑事でしたか」

と、来宮が、両手の指で自分の目尻を引っぱり上げて、威圧するみたいな目の形を作って云う。

唄川さんは、そうそうその人、というふうに、一つ手を叩いて何度もうなずく。鷲津刑事だ。

『その刑事　事故といってた』

「はい、僕達もそう聞きました、目撃者もいるって。でも、真帆姉はどうも後をつけられているみたいな気がするって云っていて。その話、唄川さんは真帆姉から聞いていますか」

高文が尋ねると、唄川さんは首を大きく横に振り、

『私は喉の手術　たぶん真帆子は気をつかっていわなかったと思う』

と、一旦画面を消すと、改めて、

『ストーカーか何か？』

「そこまでは判りません、いまのところ尾行者の正体は不明で」

『何者？　たかふみくん　見当つく？』

「いえ、全然。真帆姉は至って地味な暮らしぶりでしたから、そういう変な相手に出会う場面は想像できないんですが」

『一方的に目をつけられることもアリ　ストーカーはそういうのが多い』

と、そこまで書いて唄川さんは、ん？　という表情になり、タッチペンを動かす。

『ストーカーの撃退法なら真帆子も知っていたはず』

話が飛んだので、高文はちょっと怪訝《けげん》に思って、

「何ですか、それ」

『大学の時、友達の一人がひがいにあった　ストーカー　変な男　別の友達がたまたま探

偵のじむしょでバイト　その子が撃退法　伝授』

と、一度消して、再び書く。

『方法は二重尾行　ひがい者を尾行する　こちらも一人つく』

『尾行する　すると見えてくる　不審な動きの者　ひがい者をつけている者』

『あきらかに同一人物　ひがい者を尾行　ずっと追っている　こちらにもそれがわかるストーカーを発見できる』

『ストーカーを特定したら　今度はその人物を追う』

『うまくいけば尾行者が帰宅するところまで追える　ストーカーの正体わかる』

『住所と名前　わかればこっちのもの』

「なるほど、使えますね、二重尾行。まさかストーカーも、自分とは別にもう一人尾行者がいるなんて思わないでしょうから」

と、来宮が口を挟んで、

「ストーカーを尾行して正体を掴めば、今度はこっちがそのストーカー野郎を脅すことができますもんね。たとえば、そいつの写真を盗み撮りして、住所と氏名も一緒に悪い連中に流すことができる。六本木辺りでたむろしてる、暴力沙汰なんて日常茶飯事のチンピラどもに送りつける。『てめーらなんか怖くないんだよ、このチキンどもめ、社会のクズのくせしやがって一丁前に呼吸してるんじゃねえよ。悔しかったら俺のところへ来てみろ、ごらあ』とか手紙を書いて、顔写真と住所つきで送る、なあんてこともできるわけよね」

「来宮、きみ、エグいこと考えるなあ」

若干呆れながら、高文はつい身を引いてしまう。来宮はけろっとした顔で、

「実際はしないよ、そんなこと。でも、そうするぞって、ストーカー野郎を脅すこともできるって話。さすがにそうまでされたらストーカーも怖がっておとなしくなるでしょ」

唄川さんが苦笑しながらペンを動かして、

『私達は正統派の手段　けいさつへ通報した』

「あ、そういう手もありますね」

今思い至ったらしく、来宮は感心している。普通はまっ先に考えるぞ、それ。

『女子大時代　それで成功　友人のストーカー　撃退できた　けいさつにつかまえてもらった』

と、唄川さんはタブレットに書く。さらに、

『真帆子もこの方法を知ってたはず　相談している時　一緒にいた』

『二重尾行　もしかしたら　真帆子は誰かに頼んだかも　つけ回されるのを気にしていたのならば』

なるほど、成功例を知っていたのなら、その手段を試みた可能性がある。

そう思いながら高文は、

「たとえば、真帆姉は誰に頼むでしょうね、そういう時」

僕に頼んでくれればよかったのに、とも思った。依頼するほど頼りにされていなかったのだとしたら、それはちょっと悲しい。そう思ったけれど、いや、女性を尾行するのなら同性に依頼するか、と考え直した。いくら身内でも、男に尾行を頼むのは真帆姉も抵抗があるだろう。

『普通なら　まず思いつくのは私　一番仲がいい』

と、唄川さんは書いたペンの先で自分の胸元を指してから、文字を消去して、

『でも私は入院していた』

と、首を振って次々と、

『他に有力こうほ　二人　どちらも女子大のころからの友人』

『熊渡翼《くまわたりつばさ》
四条結花《しじょうゆか》』

『もし二重尾行をたのんでいたとしたら　たぶんこのどちらか　たよりになる』

「どういうかたでしょうか、そのお二人は」

高文の質問に、唄川さんはペンを走らせて、

『熊渡翼　画数の多い名前　実はけっこんして姓が変わった　ごてごてしてイヤだと本人もグチっている　旧姓は一木《いちき》』

なるほど、一木翼なら普通の画数だ。などと高文が思っているうちに、唄川さんは次の文字を書き終えて、

『つばさは柔道のたつじん　高校のインターハイでかなり上位　女子体育大からもスカウトがきたらしい』

来宮が感心したように、

「へえ、柔道、強いんですね。でもどうして、熊渡さんは大学はそっちを選ばなかったんですか」

『理由は不明　本人がいわない　たぶん何かの線引きが彼女の中にあった感じ　高校でゆうしょうしたら続けるとか　本人なりのかっとうがあったと思う』

「ストイックなんですねえ」

『本人にしかわからない基準があったとおもう　でも　ただ普通の女子大にあこがれてただけかもしれないけど』

と、唄川さんは笑って、

『でも　女子大でも後輩の女の子に　しつこくつきまとう男をおいはらったりしてた』

「へえ、頼りになるんですね」

と、高文が云うと、

『バイト先でいっしょになった貧弱男　つばさがいっかつ　どなりつけた　貧弱男はおびえて逃げた』

「男前な人なんですねえ、熊渡さんって」

来宮も感心している。

『女子大だから後輩ができると　一年女子からバレンタインのチョコなんかたくさん』

「女の子にモテるタイプなんですね」

そう云いながら高文は、歌劇団の男役のような女性を想像していた。

『実際　身長も高い　選手のころよりすごくやせたといっていた　だからスレンダー美人』

「カッコいいですね」

と、来宮が云い、高文も、

「確かに頼もしい人みたいですね。尾行者の正体をつきとめる二重尾行の役にぴったりです」

「もうお一方はどういうかたなんですか、四条結花さん」

と、来宮が聞くと、唄川さんはタブレットに書いて、

『さっきいった探偵じむしょでバイトをやっていた子　それがユカ』

「探偵事務所のバイトって具体的には何をするんですか、事務？」

来宮の質問に、唄川さんは首を横に振って、

『じむではない　実動部隊　探偵の助手』

「探偵の助手って私みたいですけど、何をするんでしょうか、実動って」

『カップルのふりをすることが多い　と聞いた』

「ああ、なるほど、探偵さんが男一人じゃ入りにくいところはありますもんね。カップルじゃないと悪目立ちしちゃうような気取ったレストランとか、カップルしか来ない雰囲気のバーとか。そういう場所に潜入するのに、二人連れに扮するわけですね」

と、来宮は云う。こういう時、頭も舌もよく回って先読みができるタチなのである。唄川さんの筆談の負担を減らそうとしているのかもしれない。

「考えてみれば、探偵事務所の仕事って浮気調査とか多そうですもんね。浮気カップルを見張るんなら、こっちもカップルのフリをするのが一番やりやすいでしょうし」

来宮が云うので、高文も、

「しかし大胆な人ですね、四条さんは。男性の探偵さんと組んで色々な場所に潜入するわけですから」

『大学のころからやたらと大人びてたから　ユカは　妙に色っぽくて年上にしか見えなかった』

「へえ、いいなあ、ちょっと羨ましいです、大人っぽい女性」

来宮が云う。まあ確かに、来宮の場合、全体的に子供じみた面が多々見受けられる。

「けど、探偵助手のバイトで尾行のスキルはありそうですね、四条さんは」

来宮の言葉に唄川さんはうなずき、

『多分　ユカが一番得意　経験ほうふ』

高文は考えながら、

「じゃあ、真帆姉はそのお二人のどちらかに頼んだ可能性がありますね、二重尾行」

来宮が何か云いたげな顔でこちらを見てくるが、それを気にせず高文は、

「そのお二人に会うことはできませんか。もしかしたら警察はお二人のところへは行っていないかもしれません。一番親しい唄川さんの事情聴取だけで満足して、他の友人には会っていない可能性があります。お二人は、真帆姉の一件が事故だと漏れ聞いて、尾行者のことは気にしていないというケースも考えられます。直接会って話を聞いてみる価値は、

充分にあると思います」

唄川さんは少し迷っているようで、ペンを持つ手が止まっている。それは仕方がない。友人の個人情報にも関わる問題だ。どう処理するのがベストか、思案しているのだろう。

そこへ来宮が、ちょっとだけ遠慮がちに、

「あの、唄川さんにご面倒かけるみたいで申し訳ないんですけど、お二人に私達を紹介していただけないでしょうか。唄川さんが連絡してくださって、あちらがＯＫならば私に連絡をいただく。迷惑だと感じたのなら無視してくださって結構、ということで」

と、上体を後ろに捻って、椅子の背もたれにかけてある愛用のトートバッグをごそごそし始めたかと思うと、来宮は元の姿勢に戻り、

「これ、私の連絡先です。熊渡さんと四条さんに、メールか何かでお送りいただくだけで構いません。ご迷惑かけますがお願いできませんか」

例の新進デザイナーみたいな名刺を差し出す。おお、こういう時に使うわけか、フリーターの名刺は、と高文は割と本気で感心してしまった。

それにしても、素人《しろうと》の探偵活動は制約が多い。こうして人を介さないとなかなか前進しないのだ。今日こうして唄川さんに会うのだって、伯母の手を煩わせている。実に手間のかかることである。

唄川さんの表情からは、来宮の提案を快く受け入れてくれたのが感じられた。左手でOKマークを作って、笑顔の唄川さんは、右手でタッチペンを動かす。

『二人に連絡してみる　ただ　彼女らがイヤだっていったら会えないけど　そこはゴメンね』

「もちろんそれで構いません。ありがとうございます」

高文は頭を下げた。来宮も一緒に礼をしている。唄川さんはくすりと笑って、

『あなたたち　いいカップルね』

タブレットにそう記した。

だから来宮よ、どうして肘で脇腹をぐりぐりとしてくるかな。

その来宮は、テーブルの下でそんな狼藉《ろうぜき》を働いているのをおくびにも出さずに、

「喉、お大事にしてくださいね」

と、爽やかな笑顔で云った。


帰りの電車は空いていた。

埼玉から都内へ向かう午後三時過ぎの電車だ。平日の中途半端な時間だから、あまり乗

る人もいないのだろう。

高文と来宮は並んで座る。来宮はお気に入りの臙脂色のトートバッグを空いている隣に置いた。

「唄川さん、早くよくなるといいね」

と、来宮が云う。高文はうなずいて、

「まあ、でも、もうすぐ声は出せるようになるみたいだし、心配要らないだろう」

「声も聞いてみたかったな、美人さんだし」

「お、おう」

慎重に、高文は相づちを打った。来宮の前で美人の話は、後でややこしくなりそうだから、できれば避けておいたほうが賢明だ。

「それにしても、来宮の名刺はいい考えだったな」

話題を変える。来宮はすぐに乗ってきて、

「でしょでしょ、ナイスアシストと云って」

「しかしあんなふうに名刺をほいほい配って平気なのか。今回は唄川さんだからともかく、他でバラ撒くのはどうかと思うぞ。一応個人情報だし」

「悪用されなきゃ大丈夫でしょ。そんな変な相手には撒いたりしないから」

「だといいんだけど」

来宮のセキュリティ意識をいささか不安に感じないでもない。だから高文は気になって、

「来宮、きみ、暗証番号とかどうしてる？」

「どうって？」

「なんか凄く判りやすい番号にしてそう」

「そう？　誕生日だけど」

「おいおい、それ一番やっちゃダメなやつだろ」

「私の誕生日だとは云ってませんー」

と、来宮は少し得意げに云う。

「じゃ、誰の？」

「お母さん。ね、普通誰も他人の親の誕生日までは知らないものでしょ。でも私自身は絶対に忘れない。いいアイディアだと思わない？」

「ああ、まあね」

やり込められたみたいで若干悔しい。

そんな高文の暗証番号は、４５１にゼロを一つ付けている。ブラッドベリが愛読書だと公言したことはないから、これはこれで完全なセキュリティだと自負している。

♡

うーん、ちょっとばかり困ったことになったぞ。

刑事さんに目撃者の証言を聞いて、事故で納得せざるを得ないだろうって思ってたのに。高文はまだ諦めていない。不屈の闘志はカッコいいんだけどなあ、この場合ちょっと都合が悪いんだけど。

それに、まさか二重尾行なんて考えてもいなかったよ。

真帆子さんが友人のどちらかに依頼した可能性はあるのだろうか。

〝柔道選手〟と〝探偵助手〟。

万一、どちらかに頼んでいて、実際に動いていたとしたら大変じゃないの。

私、自分が真帆子さんの後つけるのに集中してて、背後まで気を配る余裕はなかったよ。

まさか、私の姿を見られているなんてこと、ないよね。

油断してたなあ。まったく想定していなかった。

ひょっとして、私の正体バレてる？

高文が云っていたように、真帆子さんが亡くなったからといって二重尾行していた人が、警察に訴え出るとは限らない。事故だと聞かされれば、尾行者のことなんか意識に上らせたりしないかもしれないから。

ただし高文に会って質問されたら、絶対に尾行者のことを思い出すだろう。

もし、もしだよ、万が一、私が真帆子さんを付け狙っているのを見られていたとしたら——。


ああ、それはダメだ。

絶対にマズいパターンじゃない、それ。

これはいけない。

〝柔道選手〟も〝探偵助手〟も、高文に会わせるわけにはいかない。

それだけは何としても阻止しなくっちゃ。

〝柔道選手〟と〝探偵助手〟の口止めをするか？

でも、どうやって？

口止めする方法、口止めする方法——何がある？

買収？

脅迫？

泣き落とし？

いやいや、どれも通じそうにない。

人を黙らせるだけのお金なんかないし、脅そうにも相手の弱味を調べるような時間はない。そもそもそんな弱味なんてどうやって調べたらいいのか判らないし。黙っててくれなんて頼んだりしたら、それはそれで物凄く不審だ。完全に藪蛇《やぶへび》になるに決まっている。

どうやったって口止めなんかできるはずがない。

だったらどうする？

口止めの次の段階は、口封じ。

やるしかないのかもしれない。

口封じ。文字通り、口を封じてしまう。永遠に。

そう、相手がこの世から消えてくれれば、もう高文と接触する懸念は一切なくなる。

どうする、どうする？

やるか、やらないか。

リスクの高いのはどちらだ？

真帆子さんのように、いなくなってくれればとても助かる。

この世から消してしまうリスクを負えば、恒久的な安心が買える。

そうだ、私がやったとバレさえしなければいいんじゃない？

私とは無関係な形で、二人には消えてもらう。

うん、凄く都合がいい。

どうだろう。それ、やれる？　私にできるか？

いや、やらなくちゃいけないんだ。

『迷ったらまず正面に進め、進めばそれが正しい道になる』だ。

そう、真帆子さんの時だってあんなにあっさり殺せたんだもの。

失敗するはずがない。

できる、私ならできる。

よし、やる。やってやる。

実際、二重尾行がされていた可能性はそれほど高くはないと思う。

〝柔道選手〟か〝探偵助手〟に、真帆子さんが依頼していたというのは、高文の憶測に過ぎないのだから。憶測っていうか、願望とか希望だね。

けど、可能性は完全にゼロではない。それが困ったところだ。

ほんのちょっぴりでも高文にバレるような危険があるんなら、それは取り除かなくちゃいけない。禍根は元から断っておかなくては、後で思いがけない反撃を喰らうかもしれないんだから。

真帆子さんを殺したのが私だとバレる可能性。これは完全に潰しておかなくっちゃ。

それには〝柔道選手〟と〝探偵助手〟を、この世から取り除くしかない。

おや、ルームメイトがバスルームで鼻歌を歌っている。呑気なものだ。

それに対して、私は極めて物騒なことを計画している。

よし、やろう。やるしかない。

夜の闇の中、私は危険な決心を固める。

♠

唄川さんとの会談の翌日、高文は真面目に学校に来ていた。

火曜日は一限目から二年次の必修科目がある。教官も厳しい。これは出ておきたかった。
ただ、講義の最中も高文は、唄川さんが早く連絡してくれればいいのに、と気もそぞろだった。もちろん催促などするわけにはいかない。あくまでも唄川さんの厚意でやってもらっていることなのだ。そわそわと落ち着かないが、待つしかない。
そして午後一番の授業中、来宮からメールが入った。高文は机の下で、こっそりそれを開く。
『四条結花さんから連絡あったよー』
と、書いてあり、メール本文も転送されていた。
『初めてご連絡いたします
メールにて失礼いたします
志田真帆子さんの従弟さんだと唄川みどりさんからうかがいました
真帆子さんの件、心よりお悔やみ申し上げます
さて、私に会って何か話を聞きたいとの由、唄川さんからお話がありました
了解しました
私でよければどんなお話でもいたします
ただ当方会社勤めの身で時間がなかなか自由になりません

この週末、土曜日ならば時間が取れますがそれで構わないでしょうか
二十一日です
場所は新宿近辺ですと助かります
ご検討ください
返信をお待ちしております

四条結花　』

直後、来宮からＬＩＮＥが来る。
〈どうする？　ＯＫでいい？〉
〈頼む　土曜はバイト休みもらう〉
〈私も〉
〈今なにしてる？〉
〈バイトだよ　フリーターは働いてナンボじゃ〉
〈サボるなよ〉
〈そっちはどうなの〉
〈授業中だが〉
〈そっちこそマジメにやれ　このサボり学生〉

〈いいから四条さんに返信〉
〈OK〉
最後のはスタンプだった。
夕方になって、再び来宮からメールが来る。タイトルは『お返事きたよ』。四条結花さんからのメールが転送されてきた。
『土曜日で問題ないとのこと
助かります
では、細かい待ち合わせの場所と時間などは、二十一日が近づいたら改めてご連絡いたします
よろしくお願いいたします
四条結花　』
よし、四条さんとの面談の約束が取れた、と思っている側から、また来宮から連絡が入る。
今度は、熊渡翼さんからメールが来たという。唄川さんは思ったより素早い行動力を見せてくれる。感謝感謝である。
熊渡さんからのメールは、四条さんのものと似たり寄ったりの内容だった。ありがたいことに快く会ってくれるという。こちらは日曜日の二十二日を指定してきた。相手が会社

勤めだと、平日に会うのは難しい。お気楽な身分の学生としてはちょっとばかりじれったいけれど、贅沢はいっていられない。

ＯＫの返事を出しておくよう、高文は来宮に頼んだ。

少し高揚した気分になってきた。

週末、四条さんと熊渡さんに立て続けに会える。

どちらかが二重尾行してくれていたら嬉しいのだが。

♡

〝柔道選手〟と〝探偵助手〟のメールアドレスが判明した。

私は早速行動を起こす。高文の携帯でなく、こっちのスマホでやり取りできるのは大いにありがたい。二人にまったく同じ文面のメールを送信する。

『会っていただけること大変嬉しく思います

真帆子さんの従弟の沢木高文くんもとても喜んでいます
ところで今が旬の桃をご存じでしょうか
晩生種という少し遅い時期に熟れる桃があるのです
山梨の私の実家では農協との関係でこれが安く手に入ります
お時間を作っていただくお礼としてお送りしたいと思います
とても大ぶりで甘い桃です
つきましてはご住所をお教え願えないでしょうか
生ものですのでご自宅に直接送るように手配したいのです
どうかお礼をさせてください
よろしくお願いいたします
来宮美咲　』

うん、我ながらしっかりした文章だなあ。一端の社会人みたいだ。いや、私だってれっきとした社会人だけどさ。会社なんかに属してないと、社会人って自覚がなくなるのよね。とにかく、上出来上出来。

さて、相手がこのメールを信用してくれる確率はどのくらいだろう。私は割と高いんじゃないかと踏んでいる。

真帆子さんの身内、唄川みどりさんの紹介、女性名のこちらのアドレス。これだけカードが揃っている。警戒される恐れはないんじゃないかな。桃は高いしね。といっても、山梨の実家とか嘘八百だけどさ。短大時代に山梨出身の子がいて、そういう桃があるって聞いただけ。食べたことないし。

メールの返事はすぐに来た。二人ともレスポンスが早い。助かるなあ。おや、どっちも遠慮してるぞ。高価なものを申し訳ない、だって。謙虚は美徳っていうのが我が国の特性だね。ただ、文面からは警戒されている印象はまったく感じられない。

もう一押しだ。あとちょっとで落ちる感触がある。そこで再度、両者にメール。桃は安価で入手できるから心配ご無用、ちゃんとお礼をしないと私が高文に叱られる、両親も地元の自慢の特産品をたくさんの人に味わってもらいたがっている、などと美辞麗句を重ねて、懇願のメールを送る。えいっと、二人に同時送信。

こうしたメールのやり取りで、二人の自宅住所をゲットできた。ほら、簡単だ。やっぱり高価な果物の魅力に勝てる人はいないんだよね。桃を送るといわれたら、私だって飛びつくもん。

こんなメールをしてる時間があったら、二重尾行してた？　って尋ねればいいはずだけど、もちろんそんなことはしない。余計なこと聞いて藪蛇になったら困るし。高文も、そう聞けと指示してこないところがちょっと甘いね。まあ、どうせすぐに直接会えるんだから高を括ってるんだろうけど。高を括っている高文、語呂が何かちょっとかわいい。

さあ、そんなことより住所だ。

〝柔道選手〟は赤羽。

〝探偵助手〟は世田谷の烏山。

どちらもほとんど土地鑑はないけど、まあどうにかなるだろう。

で、最初の狙いは〝柔道選手〟のほうにしておこうか。こちらのほうが手強そうだから。一人目のほうが油断しているだろうし。まずはこっちをターゲットにする。一人目だ。あ、違う違う。殺すのは真帆子さんに次いで二人目だった。二人目となると、何となくハードルが下がるもんなんだなあ。一人殺すのも二人殺すのも一緒、みたいな。抵抗感はまったくない。とにかく保身が第一。っていうと私が自己中みたいだけど、違う違う。私と高文の幸せのためなんだってば。決して私一人だけのためなんかじゃない。

そして、翌日。十八日の水曜日だ。私は朝から行動を開始した。

こういう時フリーは便利だね。何にも拘束されず自由に動ける。早朝だって朝のバイトで慣れてるし。

北区赤羽台四丁目、というのが〝柔道選手〟こと熊渡翼の住所だ。

私は朝の埼京線に乗り、赤羽駅で降りた。昨夜のうちに地図アプリでじっくり予習してきたから、動きは素早い。偉いぞ、私。

さほど迷わず、そのマンションを発見することができた。〝パレス・コスモ赤羽〟。ここの302号室が熊渡翼の住処《すみか》だ。〝パレス・コスモ赤羽〟は住宅街のただ中にある、割と新しい建物だった。四階建てだ。その前をさりげなく通りながら、ざっと観察する。廊下に三輪車やベビーカーが並んでいて、ちょっとごちゃごちゃしているけれど、掃除は行き届いているみたい。管理体制はいいようだ。

マンションの前を過ぎ、住宅街の狭い路地に入る。そこから〝パレス・コスモ赤羽〟の各階の共同廊下が見渡せる。

私は電柱の陰でスマホに見入るフリをしながら、じっとその時を待った。

それほど待つことなく、302号室のドアが開いた。出て来る人がここからでもよく見える。おお、あれが今日のターゲット、熊渡翼か。短い髪でスーツ姿。背の高いのが目立っている。小ぶりのショルダーバッグを肩から提げていた。柔道が強いというので、もっとどっしりした体格なのかと予想していたけれど、そういうわけでもない。メールに会社勤めと書いてあったから、都心部への通勤時間を逆算して、自宅を出るだいたいの時間に当たりをつけておいたのだ。思惑通り、熊渡翼の出勤時間に立ち会うことができた。ＯＫ、滑り出しは順調。上手くいく予感がする。

私は熊渡翼の顔と姿を頭に刻み込んだ。これから尾行する相手だ。途中で見失っちゃったら目も当てられないからね。

素早く細い路地を駆け抜け、〝パレス・コスモ赤羽〟のエントランスの方向へ回り込む。真帆子さんをつけ回していたせいで、尾行には少し慣れてきている。我ながら変なものに慣れてるなあって呆れるけどさ。まあ、このスキルがこうして役に立つんだから、結果オーライってことで。

熊渡翼はマンションを出ると、急ぎ足で歩きだす。この道筋は駅へと向かう方向だ。よしよし、道が判る。予習の成果が出ているぞ。偉いぞ、私。

それを追って、私も歩く。

すぐ近くに小さめの神社があった。狭い舗道の右側が木の柵で隔てられている。その内側には木々が生い茂っていた。反対側は大きな民家の塀だ。この辺り、夜は暗くなりそうだ。手頃な場所かもしれない。人気《ひとけ》もなさそうだし。と私は目星を付けておく。

熊渡翼は予想に違《たが》わず駅に着き、電車に乗った。新宿渋谷方面に向かう電車は、異様に混んでいた。正気とは思えないほどのぎゅうぎゅう詰めだ。何これ、まともじゃない。ひどい混雑。お勤めの人は毎日こんなのに乗ってるんだよなあ。凄いなあ、っていうか呆れるよ。よく我慢できるね、毎日こんなの。私だったら絶対無理。ああ、フリーでよかった。

などと云っている場合じゃない。とにかく熊渡翼を見失わないことだ。幸い相手は背が高い。多少離れても、どこにいるかよく判る。この無茶混みの中なら尾行に気付かれることもないしね。とにかくしばらくの辛抱。いや、それにしてもキツいよう。

そうして新宿で乗り換えて中央線へ。

人の波の中、私は必死で相手に食らいつく。物凄い人波だ。うう、メゲそう。でも頑張らなくっちゃ。ああ、なんて健気な私。高文に見せてあげたいよ。あなたとの幸せのためにこんなに頑張っている私。いや、実際見られたら困るんだけど。

熊渡翼は四ツ谷で降車。よかった、乗車時間が短かった。あんまり長いと人に押し潰されて、こっちが死ぬよ、もう。

雑踏に紛れて尾行を続ける。

改札を出た熊渡翼は新宿通りを歩いて行く。背後を警戒している様子は一切ない。まあ、これだけ通勤する人が歩いていたら、警戒も何もないんだけど。

歩いて八分ほど。通り沿いの雑居ビルに入って行く。私はその背中を見送った。ここが熊渡翼の勤務先なのだろう。

八階建ての白い大きなビルだ。各階にそれぞれ別のオフィスが入っているみたいで、通りに面した壁面から突き出した看板に、八社分の名前が掲げられている。何階の会社が熊渡翼の勤め先なのかはどうでもいい。場所が判れば充分。後は、外回りなんかに出ないことを祈るばかり。南無南無、神様、頼みましたよ。

私は尾行を一旦中断して、元来た道を戻った。

四ツ谷から中央線に乗り、阿佐ヶ谷へ。都心から離れる方向の電車は比較的空いていて、思わずほっとする。そうそう、このくらいが人間が乗る乗り物として正気の範囲内なんだよ。さっきの殺人的ラッシュが異常なんだ。

阿佐ヶ谷に着いた私は、一度自宅マンションに戻る。そして駐輪場から自転車を出すと、すぐに駅前へとトンボ返り。

宅配イートのバイトである。

店から個人宅や事務所などに、料理をデリバリーする仕事だ。自転車でスピーディーにお届けする。一件につきその都度報酬をもらう単発のバイト。自分の時間の都合に合わせてフリーで入れるのが気楽だ。ただ、地理を知り尽くしている地元でないとできないのが、唯一の難点。

熊渡翼も仕事中だ。その間は手出しなんてできっこない。だからこちらもバイトに勤《いそ》しんで時間を埋める。勤勉というか何というか、我ながらマジメだなあ。パートタイムの殺人者、か。そう思うとちょっと笑えるね。

バイトは六時過ぎに切り上げた。本当はここから注文ラッシュが始まるんだけど、今日はここまで。勝手に離脱できるのも、このバイトの融通の利く点だ。

そして四ツ谷に向かう。

六時半に例のオフィスビルの前に到着。

東京の勤め人が定時に上がるなんて、まずあり得ない。熊渡翼も当然、残業しているはず。ぐるりを見渡す。

新宿通りの向こうに、全国チェーンのコーヒーショップを発見。格好の見張り場所になりそうだ。ラッキー。

広い道路を横断歩道で渡って、その店に入る。

二階の窓際の席からは、あの白いオフィスビルがよく見えた。通りの向こうに、ビルの玄関口が見通せる。ちょっと距離があるのが不安材料かな。でもまあ、大丈夫だろう。熊渡翼の姿は頭に焼き付いている。見落としはないと思う。

日が暮れ、新宿通りを多くの車が行き交う。歩道にも、たくさんの人が歩いている。

私はコーヒーショップの二階でねばり、オフィスビルの入り口を見張り続けた。こういうチェーン店は客に無関心だからか、多少長居しても放っておいてくれる。不審に思われることもないからお得だ。じっと、熊渡翼の勤務先を見ていられる。

そういえば、真帆子さんの尾行を始めたのも、勤め先からだったなあ。と思い出す。西新宿のヨガ・スタジオね。真帆子さんとの接点はあそこしかなかったから、あの場所を今みたいに見張って、追跡を開始したんだっけ。今と同じシチュエーションだね。歴史は繰り返す、だっけ？

と、一時間余りした頃だろうか、〝柔道選手〟がビルから出て来るのが見えた。間違いない、熊渡翼だ。よし、ゴーサイン。

私は大急ぎで席を立ち、コーヒーショップを飛び出す。

熊渡翼は大通り沿いを、駅の方向へ歩いて行く。朝と同じショルダーバッグを肩に引っ掛けている。

相手は一人。通りを挟んだこちら側で、私もついて歩く。

同僚と呑みにでも出かけたりしたら、遅くまで時間がかかると覚悟していた。でも熊渡翼はこのまま帰宅するみたいだ。いいぞ、健康的だ。呑みすぎは体によくないからね。って、今から殺す気なんだけどさ、こっちは。健康体のまま死んでね。

そうやって、朝とは逆の経路を辿って、赤羽駅に到着する。

熊渡翼はやはり帰路につくようだ。

私は尾行を続ける。

パーカーのフードを被り、顔を隠すマスクも、一応つけている。防犯カメラに、どこから撮られているか判らないからね。用心用心、慎重にいこう。

今日の私の服装は、吉祥寺の古着屋で買った黒のパーカーにグレーのパンツ。靴も走るのに適したぺたんこの物だ。カンフーシューズみたいでデザイン性に著しく欠けるけど、仕方がない。安い靴がこれしかなかったんだもん。足跡から身元が割れないように、そして血で汚れてもすぐに捨てられるように、この靴と、そして服を選んだ。つまらないことから正体がバレたら大変だからね。

熊渡翼は夜道を早足で歩いて行く。

人通りが徐々に少なくなる。

相変わらず、背後を警戒している様子はまったくない。そりゃそうか。まさか狙われているなんて、本人は夢にも思っていないだろうから。

後ろを振り返られても、こっちは若い女だ。よもやこんなうら若き乙女が襲撃者だなんて、絶対に思うはずがない。

自宅マンションが近づいてきた。

朝も通った道だ。

例の神社も、もうすぐ。

この辺に来ると、歩いている人影も絶える。弱々しい街灯の明かりだけが、ぽつんぽつんと灯っている。

私は足を速め、歩きながら手袋を嵌《は》める。指紋は絶対に残してはいけない。

そして私は、愛用のバッグに手を差し入れた。

その時、突然、熊渡翼がスマホを取り出した。

耳に当て、何かを話している。内容までは聞き取れないけれど、恐らく会社の誰かなのだろう。四ツ谷のオフィスビルは、全階煌々《こうこう》と明かりが点いていた。まだ残業している同僚にでも、何か指示を出しているに違いない。

電話に集中している。

今がチャンスだ。

折しも、神社の横に差し掛かったところ。

私は、足に力を込めてダッシュ!

バッグから大ぶりの金槌を手早く抜き出す。

そして振りかぶる。

この一連の動作も昨夜、自室で何度も練習した。体に染みついている。

一気に距離を詰める。

カンフーシューズふうの靴は足音も立てない。

熊渡翼の後頭部を狙い、金槌を振り抜く。

重い手応え。

熊渡翼は振り返りもせず、その場にしゃがみ込んだ。肩にかけたショルダーバッグがずり下がり、地面に落ちる。手にしたスマホも滑り落ちた。アスファルトの舗道で跳ねて、点灯していたバックライトが消えた。

私は金槌を放るように地面に落とし、再びバッグから凶器を抜き出す。

今度は包丁だ。

刃渡り三十センチもあろうかという長い包丁。

これも金槌も、足が付かなそうな吉祥寺の寂れた小売店で買った。

包丁を順手で構えて、しゃがみ込んでいる熊渡翼の脇腹に突き立てる。

「うぎゅう」

と、相手は、奇妙な唸り声を喉の奥からあげる。そしてそのまま、体の左側を下にして横向きに倒れる。

私はその場にしゃがむと、タオルを一枚取り出した。百円ショップで三枚セットで売っているのを、何組か買っておいた。

タオルで包丁が突き刺さっている辺りを押さえながら、刃物を引き抜いた。タオルは返り血防止用だ。白いタオルが、見る見る赤黒く染まっていく。一枚目のタオルはこれで使いものにならなくなった。傷口に当てたまま放置する。量産品なのでこれから足が付くことはないだろう。

そして私は、転倒している熊渡翼の腹部を、もう二回刺した。深々と、力を込めて。この長さの包丁を三度も刺せば、充分に致命傷になるだろう。臓器を傷つけたのはもちろん、失血死もあり得る。タオルもまた二枚、犠牲になってくれた。

よし、これでＯＫ。

立ち上がり、新しいタオルで包丁をぐるぐる巻きに保護してから、バッグにしまう。

金槌も拾い上げ、同じように収納する。

周囲を見回す。

大丈夫、誰もいない。

乏しい街灯の明かりが、道路を淡く照らしているだけだ。

横向きに倒れた熊渡翼は、もうぴくりとも動かない。

恐らく、事切れたのだろう。

私は息をつく暇もなく、その両足を抱え込んで、神社の木の柵のほうへ、よいこらしょっと引きずった。重い。凄く重い。でも私は渾身の力で引っぱる。ここが頑張りどころだ。木の柵は五十センチ間隔くらいで立っているから、人一人は充分に通り抜けられる。その代わり、低木の茂みが柵にみっちりと寄り添っていて、行く手を阻む。

その茂みの中に強引に体を捻り込み、熊渡翼の体も引きずり込んだ。

神社の敷地内はまっ暗で、柵に隣接する茂みが熊渡翼の体を隠してくれる。そこに死体を放置した。

もう一度茂みに体をねじ込んで、私は舗道側に出た。この一連の移動が、一番くたびれた。刺し殺すより隠蔽工作のほうがキツいって、なかなか皮肉が利いてるよね。

地面に落ちている熊渡翼のショルダーバッグ。それを手袋をした手で拾った。取っ手の部分を持ち、反動をつけ、ひょいっと神社の敷地の闇へと放り投げる。そして、道に落ちている熊渡翼のスマホを拾い上げ、自分のバッグに入れた。このスマホには、例の桃のやり取りのメールが残っている。こっちが住所を聞き出した痕跡を警察に見られるわけにはいかない。

こうして熊渡翼の死の痕跡は、アスファルトに流れた血痕だけになった。

もう一度周囲に目を配って、人気がないことを再確認する。

大丈夫、誰にも見られてはいない。

私は安堵の吐息をつくのももどかしく、大急ぎでその場を立ち去る。

証拠は何も残していない。

私がやったとは、判らない。

問題ない。やりおおせた。

よくやったぞ、私。

そう、まずは一人――。

高文に〝柔道選手〟の死を教えたら、どんな反応があるだろうか。

どうにかしてまっ先に伝える方法はないかなあ、なあんてことを考えながら、私は暗がりの中を足早に歩いた。

♠

十九日、木曜日。

朝、来宮からの電話で叩き起こされた。

高文は、しょぼしょぼした目で上体を起こす。

頭が重い。ちょっと二日酔い気味なのだ。

昨夜は大学の友人達に誘われて、呑みに出かけた。高田馬場のいつも行く居酒屋だ。二次会のカラオケも付き合わされた。歌は苦手なので、高文は主に合いの手とかけ声を担当した。それでも少し喉が痛い。

「おはよう、どしたの？」

半分寝ぼけた高文は、来宮にどやしつけられた。

『ぼやぼやしてる場合じゃないって、いいから早くニュース見てっ』

のろのろと起き上がり、ノートパソコンを立ち上げた。こちらも高文同様、立ち上がりが遅い。古い機種だからだ。三年になったら就活用に新しいパソコンを導入する必要がある。それで土日はせっせとバイトに勤しんでいるわけだ。

ニュースサイトを見て、頭の重いのが一瞬で吹っ飛んだ。

「えっ、何だ、これ」

思わず、大きな独り言をあげてしまう。

昨夜、十八日、北区赤羽台四丁目で刺殺死体発見のニュース。

高文は茫然としてしまう。独り言の後は、しばし絶句してしまった。

『もしもし、高文、ニュース見た？　聞こえてる？　高文』

電話口で来宮が叫んでいる。

それでようやく気を取り直し、呆気《あっけ》に取られながらも電話に応じる。

「見た、驚いた」

『これってどういうこと？』

来宮の声も困惑を隠せない様子だった。

「判らん、何なんだこの事件は」

『別人って可能性はないのかな』

「どうだろう、でもそもそも僕らは熊渡さんの住所を知らない。赤羽かどうか判らないんだし」

と、高文は、こんがらかった頭の中を整理しながら、

「でも熊渡姓は珍しいから、無関係な人じゃないと思うけど」

『けどさ、殺されたって、どうして？』

「さっぱり判らないな、僕らの追ってる線と関係あるかどうかも」

『ニュースサイトには、通り魔らしいって書いてあるよ』

「いや、まだ確定ってニュアンスじゃない。通り魔の可能性もあるかって書き方だった。警察がどう見ているかも判らない」

『私達のこととは関係ないんじゃないの』

来宮が消極的な主張をするので、高文は否定して、

「ただ、このタイミングだ。唄川さんと話したのが月曜日だったろう。それで唄川さんはその日のうちに、二人の候補者に連絡してくれたらしい。僕らとも次の日にはメールのやり取りをしたしね。それで、その翌日に殺されるっていう、ドンピシャのタイミングだぞ。これで無関係とは、ちょっと考えられないんじゃないかな」

『うーん、そこはただの偶然なんじゃないの？』

「偶然にしちゃできすぎだよ。いや、僕も確証があって喋ってるわけじゃないんだけどさ。とりあえず唄川さんにメールしてみるよ。唄川さんとも僕らとも全然関係ない〝熊渡さん〟かどうか、確かめてみる」

『判った』

来宮との通話を切ると、高文はすぐにメールを打つ。相手は唄川みどりさんだ。

『昨日の事件　見ましたか』

妙に簡潔な内容になってしまった。焦っていたからだ。しかし幸いにも、唄川さんは意

図を察してくれたらしく、すぐに返信が来た。

『見ました　私たち友達のグループラインでも大混乱が起きています　事件の性質についてはこちらでも摑みきれていません　とりあえずお通夜や葬儀があるので　しばらく高文くんのメールへの返事が滞るかもしれません』

唄川さんも慌てているようだった。文面からそれが伝わってくる。とにかくこれで、無関係な熊渡さんではないことは確定した。

来宮に、今度はＬＩＮＥを入れる。

〈唄川さんに確認　別人ではなかった〉

〈そう　確かにあまりない苗字だし〉

と、来宮はすぐに返事をしてきた。

〈問題は　まほねえの件と関係あるかどうか〉

〈さすがにそれは無関係だと思うよ〉

〈いや　タイミングは？〉

〈偶然　世の中には信じられない偶然もアリ〉

〈でもなあ〉

〈通り魔の可能性も捨てきれない〉

〈しかし　それにしてもタイミング〉
〈偶然だってば　まほこさんの時と手口が違いすぎる〉
〈刺殺〉
〈そう　別物〉
〈どっちにしろ　日曜に会う約束は飛んだ〉
〈そうだね　無理〉
〈まさかご遺族のところへ押しかけるわけにもいかないし〉
〈さすがに非常識〉
来宮に常識を語られるとは思わなかった。
〈まだ　四条結花さんがいる〉
〈そうだね　もう一人〉
と、そこでなぜか、来宮からのＬＩＮＥは途切れた。
訝しく思いながらも、高文は思い立ち、刑事にも電話してみることにした。鷲津刑事だ。猫科の大型肉食獣みたいな目をしたあの刑事である。せっかく電話番号を登録してあるのだから、使わない手はない。
前のように繋がらないだろうと予測していたけれど、案に相違して一発で出た。

『もしもし、先日の学生さんか』

鷲津刑事の声は、相変わらず愛想のまったく感じられない冷淡な口調だった。

「はい、沢木です。先日はありがとうございました」

『で、今日は？』

突っ慳貪な物言いにたじろぎながらも、高文は必死に、

「はい、あの、今朝のニュースにあった北区赤羽台の通り魔事件について、なんですけど」

『通り魔事件？』

「ええ、そうです、あの、その殺人事件について、刑事さんに何か情報は入っていないでしょうか」

『いや、残念ながら管轄外だ。俺は何も知らん』

「実は、こういうことがありまして――」

と、高文はこれまでの経緯を伝えた。

唄川みどりさんとの面談。

その場で出たストーカー撃退法の話。

二重尾行。

二人の候補者。

その二人と会う段取りを付けた件。

口下手ながら必死で語った。ただ、一通り喋り終えても鷲津刑事の反応ははかばかしくなかった。

『いや、さすがにそれは無関係だろう』

というのが刑事の第一声だった。高文は半ば落胆しながら、

「刑事さんもそう思いますか」

『俺も、ということは他にも誰かそう云った者がいるのか』

「はい、この前お会いした時に一緒にいた、あの女友達です。彼女も関係ないだろうと云っていました」

高文の返事に、さもありなんといった口調で鷲津刑事は、

『そうだろうな。きみは志田真帆子さんの転落事故のことを考えすぎている。だから何でも関連付けて見えてしまうんだ。昨夜の刺殺事件も、きみと会う約束などとは関係なく、ただの通り魔の可能性が高い』

「そうですか」

今度は本当に落胆しつつ、高文は礼を云って電話を切った。

本職の捜査員が見てそう感じるのなら、やはりただの偶然ということだろうか——。

今ひとつ釈然としないので、さらにネットのニュースを漁ってみる。

情報が更新されていた。

被害者は奇禍に遭う直前、自宅に電話を入れていたらしい。「あと三分で帰る」との内容だったそうだ。

その電話が途中で切れたのを不審に思った家族が警察に通報。それを受けて警官が、駅から自宅マンションまでの道を具《つぶさ》に調べて歩き、死体発見に至ったのだという。遺体は神社の植え込みの奥に押し込まれていた。それでも警官は発見できた。プロの目は誤魔化せない、ということか。

同じくプロの鷲津刑事が云うのだから、やはりただの偶然なのだろうか。

とはいうものの、やっぱり高文はどうしても納得できないでいた。

♡

どうやら私は思い違いをしていたらしい。

ネットのニュースを見てそれに気付いた。

そうか、家族に電話していたんだ。

ひどい思い違いだ。恐らく随分、視野が狭くなっていたせいだ。早とちりはよくないね。

これは大いに反省しなくっちゃ。

まあ、いいか。とりあえず急ぐのはもう一件。〝探偵助手〟のほうだ。まずはこっちを片付けることに集中しよう。切り替えは大事だもん。

だから、次の日、二十日の金曜日、私は早速行動を開始した。

狙うは〝探偵助手〟こと四条結花。

この前の殺人の時と同様、朝から出かけた。

殺人者の朝は早い。

やれやれ、人殺しも楽じゃないね、まったく。

南烏山七丁目。最寄りの駅は、京王線の芦花《ろか》公園駅。

桃で釣って判明した四条結花の住所は、芦花公園と環八通りの近くだった。

芦花公園ってのはあれだね、有名な徳冨蘆花《とくとみろか》にちなんだ公園らしい。っていっても私、徳富蘆花さんの小説、一つも読んだことなんてないんだけどさ。

その公園の側を通り、私は南烏山七丁目に到着した。前と同じで予習はバッチリ。私はできる子だ。

〝パールハイム南烏山〟は単身者用のマンションらしく、ドアとドアの間隔が狭い。多分、中はワンルームなんじゃないかな。八階建ての、タイル張りの外観がちょっとお洒落な感じだ。女性入居者を想定して造られたのだろう。

その６０４号室。

例によって、少し離れた歩道から、マンションの外廊下を見通した。ドアがずらりと並んでいる。

お目当てのドアから出て来たのは、間違いなく四条結花だ。ブルーグレーのニットに芥子《からし》色のスカート。なかなかお洒落である。

私は尾行を開始する。

もう手慣れたものだった。

四条結花は通勤するようで、駅へと向かっている。予想通りの行動だ。

一昨日と同じように後をつけ、駅の南口へと到着する。

四条結花は改札に入って行ったけれど、今回は私は追わない。

わざわざ通勤先まで尾行する必要はないと、前の殺人で学んだ。どうせ自宅マンションに戻って来るのだ。ここで見張っていれば、また会える。

っていうか、満員電車はもう懲り懲りなのよね。あれに乗ることを考えたら、効率重視でいいじゃん、って思ったってわけ。

四条結花の顔はしっかり覚えた。

なかなか肉感的で、朝っぱらから色っぽい感じのお姉さんだった。しっかり記憶に刻み込み、忘れない。

そして、電車の混雑が落ち着くまで時間を潰してから、阿佐ヶ谷まで戻った。我がホームタウンでバイトだ。

パートタイムの殺人者。なんかこのフレーズ、ちょっと気に入っちゃったよ。

それにしても、一日空けただけで次のターゲットを狙ってるなんて、我ながら精力的であることよなあ、などと思う。自分のことながら、ちょっと感心する。まあ、若さだね。年のいった殺人者にはこのマネはできないでしょう。いや、そんなのがどこにいるのか知らないけど。

七時に、芦花公園駅に戻った。

服装は一昨日のものを使い回しだ。靴も動きやすい、ぺたんこのカンフーシューズもどきの安物。返り血がついてもいいように、この暗色系のスタイルだ。今夜の仕事を終えたら、一式すべて処分しよう。できるだけ私と関係ない場所に捨てる。こんな物が証拠品にでもなったら、ギャグにしかならないもんね。

バッグの中には刃渡り三十センチのゴツい包丁。それから金槌。職質でもされたら、一発でアウトだよ、こりゃ。けど、若い女の子はこういう時に有利。小娘ってだけで警察官も警戒しないし、職質なんかされない。私が男だったら、こんな凶器は使えなかっただろうね、きっと。殺傷能力の高いこの凶器を使えるのは、大いに助かる。ああ、これも処分しなくっちゃ。

さて、四条結花を駅前で待つが、なかなか現れない。

今回はこの前と違い、手頃なコーヒーショップなども近場にない。

だいたい、駅の規模からして違いすぎるんだもん。私鉄沿線の小さな駅だから、駅前が特別賑わっているってこともないし。

仕方がないから、十分おきに立つ場所を変えて、駅の改札を見張った。

待ち合わせをしているフリ、スマホに熱中しているフリ、電話をかけているフリ。と、色々な演技をしながら、変に思われないよう待つ位置をチェンジする。

これが一番ツラかった。七変化にも限界がある。

刑事ドラマの張り込みなんかだと、ずっと同じ場所で見張っているけど、あれ、不審に思われないのかな。車の中とかならともかくさ、何もない街角に長々と立っていたら、絶対おかしいと思われるよ。

そもそもキツいんだよね、いつ来るか判らない相手を待って、ずうっと見張ってるのなんて。

だから、改札口から四条結花が姿を現した時にはホント、ほっとした。それまでに六ヶ所、移動した。

下唇がちょっぴりぽてっと厚いのが、色気を醸し出すポイントになっている面立ちだ。すらっとしてスタイルもいい。お手本みたいなボンキュッボンだ。あの自然なラインは補正下着とかじゃないね、絶対。天然物だよ。うーん、ちょっと羨ましいな。

四条結花は帰宅するらしく、朝とは逆のルートで歩き始める。

その後をつけて、尾行開始だ。スマホの電源は切っておく。いざという時に鳴ったりしたら、目も当てられないもんね。

大通りを進む。

車のヘッドライトが車道を流れて行く。

それに沿って歩道を、尾行しながら歩く。

郵便局の前を過ぎ、四条結花は一旦、コンビニに立ち寄った。私は店外でそれを待ち、店を出て来たら再び後をつける。

スポーツクラブの入った大きなビルの前を通り、次の角を左へ折れた。

脇道に入ると一気に道が狭くなる。同時に、人の通りもほとんどなくなる。

街灯も少ない暗がりの道を進む。

暗くなるにつれて、人通りも絶える。

右手に学校。小学校か中学校か。夜の校舎の裏側は、人影一つなくまっ暗だ。

左側は静かな住宅街。この季節だから、窓を開けている家もない。

人の気配が完全になくなった。見えるのは、薄暗がりの中を歩く四条結花の背中のみ。

今だ。

マンションの前で狙うことも考えていたけれど、好機は逃さない。

手袋を手早く嵌めると、私は勢いをつけて駆けだした。

大丈夫、一昨日と同じようにやればいいだけ。私は愛用のバッグから金槌を抜き取って、振りかぶり――。

そうして、無事に四条結花を刺殺した私は、大通りまで戻ると、そこで返り血をチェックした。

通りには街の明かりがあるし、車のヘッドライトも明るい。OK。黒のパーカーは血がまったく目立たない。問題なし。前回と同じく、四条結花のスマホも回収した。痕跡は何も残していない。

何事もなかったみたいな顔をして、私は駅への道を辿った。

♠

妙に早く目が覚めてしまった。

今日、二十一日土曜日は、四条結花さんと会う予定の日だった。

高文は、前もってバイトの休みを取っていた。

ところが、会う時間も場所も決まっていない。

てっきり昨夜辺りに連絡が来ると思っていたから、高文は呑気に構えていた。四条結花さんと連絡を取り合っているのは、来宮だ。連絡係はすべて任せてあったのに、ちょっと油断していたらこれである。何をやっているんだ、あいつは?

それで結局、当日の朝になってしまった。

もういい加減、連絡があってもいいはずだ。そう思いながら高文は、何気なくスマホを手に取り、ニュースサイトを開く。

そして、息を呑んだ。思わず意味もなく、立ち上がってしまう。

〝世田谷区の路上で刺殺死体　近くに住む会社員女性か〟

高文は仰天しながら記事を読んだ。なぜだか、足ががくがく震えている。

昨夜、南烏山七丁目の路上で、刃物のようなもので刺された死体が発見された。殺されていたのは近所の住人で四条結花さん、二十六歳。自宅マンションまで五十メートルの距離だった、とのこと。

唖然として、言葉も出ない。

高文は、その場にへたり込んでしまう。

こんなことってあるのかよ——。

高文はしばし、バカみたいに茫然としてしまった。

何なんだ、これは。何が起きているんだ?

深く呼吸を整え、落ち着くように努力した。

ゆっくりと、もう一度立ち上がり、部屋の中をゆるゆると歩き始める。
立ち止まっているよりも、歩きながらのほうが頭に血が巡る。
三日前に続き、昨夜も刺殺事件が起きた。今度の犠牲者は四条さんだ。
どういうことだ？
何がどうなっている？
一体、何が進行しているのだろう？
ぐるぐる歩き回った。
冷静になれ、考えろ、考えをまとめろ。
高文はそう、自分に云い聞かせる。
考えて考えて、考えて、考え抜く。
これは何が起きているのか。
なぜ次々と人が殺されるのか。
この連続性にはどんな意味があるのか。
どうしてこんな事件が起こるのか、最初から考えて——ん？　最初から？
やがて高文の頭の中に閃《ひらめ》きが走った。

♡

四条結花の刺殺死体発見のニュースが出ている。

私はつい、にまにましてしまう。

〝通り魔か怨恨か　動機不明〟

だってさ。

マスコミは何も摑めていないみたい。

赤羽台の事件と関連づけている報道もない。

そりゃそうだ。二つの事件には今のところ、繋がりは見当たらないもの。せいぜい二人が友人だってことくらい。

犯人らしき人物を目撃したとの情報もないらしい。

うん、ありがたい。

私の姿は誰にも見られていない。

万一見られていたとしても、こんな非力そうな女の子が暴力的な事件と関係あるだなんて、誰も思わないだろう。

よしよし、上手くいっている。思い通りだ。

私はほくそ笑む。

でも、サイトによっては、滅多刺しって書いてあるところもある。私、四回しか刺してないのにさ。これは盛りすぎ。

でも、問題はないね。

警察がどんなに捜査に力を入れたところで、私のところへは辿り着けない。

私と四条結花とは何の繋がりもないし、動機を調べたって、私が捜査線上に浮かぶようなことは絶対にない。

これで、めでたしめでたし、とお話は終わる。

高文との間を邪魔するものは、もう何もなくなった。

こうして物語はハッピーエンドを迎えるのだ。

王子様とお姫様は末永く幸せに暮らしましたとさ、ってやつね。

うん？　いやいや、さすがにそれはガラじゃないか。

高文が王子様ってのも変だしね。

だいたい王子様って、内面が描写されることってあんまりないんだよね。家柄が良くってお金持ちで、ってそれで充分ってこと？

いやあ、それだけじゃダメでしょう。そりゃお金はあったほうがいいに決まってるけどさ。今時、家柄ってのはなあ。価値観古いんだよね。

それに人柄が不明瞭なのも、ちょっとどうよって思うわけ。

鼻持ちならない高慢ちきだったらどうするのよ？

家柄を鼻にかけて上から目線のカン違い男だったりしたら、最低最悪だもんね。

ひどいＤＶ野郎かもしれないし、幼稚なお坊ちゃんかもしれない。お金にがめつい守銭奴のケチケチ男ってケースもあるかも。

中身が判らない男は、いくら王子様でも願い下げだ。そんな相手と幸せになれるとは限らないもんね。

その点、高文なら心配ない。

何といっても私の運命の人なんだもん。

別に高貴な家柄ってわけじゃないだろうけど、そんなの要らない。

高文は高文のままでいいんだから。

運命で結ばれたごく普通の二人は幸せに暮らしましたとさ。
うん、これで充分だよね。
物語はハッピーエンドで締めになる。
めでたしめでたし。
それで私は満足だ。
なべて世はこともなし。
よかったよかった。

♠

土曜の夜、七時すぎ。
深呼吸した。
少し緊張しているのかもしれない。そう自覚しつつ、高文はスマホをポケットに滑り落としてから、ドアホンのボタンを押した。

玄関のドア越しに、中でチャイムが鳴るのが聞こえてくる。

部屋の中でドタバタと足音がして、扉が開いた。

きょとんとした顔の来宮が、中から顔を出す。

「え？　え、高文、何、今の」

「ごめん、入れてもらえるかな。大事な話があるんだ」

高文は努めて冷静に云った。来宮はあたふたと、

「ちょっ、ちょっと待って、そんな急に何、ダメだって、片付いてないし」

抵抗する来宮を押しのけ、高文は強引に上がり込んだ。こんな行動はガラではないし、あまりしたくはなかったのだが、非常時だ。少々無理を通させてもらおう。

「あのさ、高文、ホントに人に見せられる状態じゃなくて、散らかってるんだから」

「大丈夫、僕は気にならない」

「私が気にするんだってば」

押し留めようとする来宮ともつれ合うみたいにして、リビングまで押し入った。この部屋に入るのは初めてだったけれど、周囲を観察している暇はない。部屋の中央にローテーブルがあるのだけを確かめ、その前に座り込む。

来宮は諦めたらしく抵抗をやめ、呆れ顔で、

「で、女の子の部屋に乱暴に押し入って来て、何の用。お茶でも出せって？」

「いいから、来宮も座ってくれ」

高文はローテーブルの向かいを手で示す。

しばらく戸惑ってから来宮は、こちらの真剣な態度に気圧《けお》されたのか、やれやれと云いたげに肩をすくめると、高文の言葉に従ってくれた。

ローテーブルを挟んで、来宮と向かい合わせになる。

これで準備は整った。

高文はおもむろに口を開く。

「事件の話をしに来たんだ。昨日と三日前、二人の人が殺された。熊渡さんと四条さんだ。いや、もしかしたら二人じゃなくて三人かもしれない。真帆姉の一件だ。多くの人が事故だと云っているけど、あれも殺人だった可能性を僕はまだ捨てていない。というわけで、三人もの人が殺されている。この事件の真相、来宮は知りたくないか」

高文の大真面目な振る舞いにつり込まれたようで、来宮も神妙な顔つきになって、

「うん、知りたい」

と、うなずく。よし、いい反応だ、と思いつつ高文は、

「僕は考えた。今日一日ずっと考えていた。必死で考えた結果、光明が見えた。僕には犯人が判ったように思う」

「本当に？」

来宮はびっくりしたように云う。

「高文、犯人が判ったの？」

「ああ、多分」

「事件の真相も？」

「うん、それをこれから話すから聞いてくれるかな」

高文が静かに云うと来宮は再びうなずき、居ずまいを正す。高文は話を続けて、

「刺殺された二人、熊渡さんと四条さんには共通点がある。来宮も当然判ってるだろう。唄川さんの話に出てきたんだったね。僕らがこの二人の存在を知ったのは、唄川さんが二重尾行の実行者候補として名前を出したからだった。覚えてるだろう、大宮のティーラウンジでのことだ」

と、高文は来宮の目を見ながら云う。

「では、二人の名前を出した唄川さんが犯人だろうか。いや、とんでもないね。それはない。犯人ならば、僕らの前で狙っている人達の名前を出すなんてあり得ない。何かの理由

で唄川さんが二人を殺そうと画策していたのなら、無関係な僕らにその名前を告げるはずがないからだ。事件が発覚した後、僕らに変に思われるに決まっているんだから。唄川さんが犯人なら黙って殺せばいい。僕らの前で名前を挙げる意味がない。いや、どちらかというとデメリットしかないな。だから唄川さんは犯人ではない。ここまではいいね」

「うん、判る」

来宮は短く答えてうなずく。

「そしてもちろん、僕も犯人なんかじゃない。自分だからって主観的な理由じゃないよ。ちゃんと証明できるんだ。熊渡さんが殺害された三日前、十八日の水曜日、犯行があった時刻は八時二十分頃だったそうだ。僕はあの夜、学校の友人達と呑んでいた。夕方からずっと。苦手なカラオケにも付き合った。夜遅くまでね。次の朝、きみに電話で叩き起こされた時、二日酔い気味で頭が重かったくらいだ。ただし、お陰で僕のアリバイは立証される。友人達、そしてお店の店員さん達も証人になってくれるだろう。犯行があった時刻、僕は何人もの人の目の前にいた。飲み屋にいたんだ。警察がちょっと聞き込みすれば、簡単に証明できるだろう。ということで、アリバイのある僕は犯人ではない。だから、犯人はきみだね」

と、高文は、来宮の頭の向こう、奥の部屋へと通じるドアに向かって声を張る。

「その奥で聞き耳を立てているんだろう。隠そうとしてももう無駄だよ。僕には全部判っている。熊渡さんと四条さんを刺し殺した犯人はきみだ、ギコちゃん。もしかしたら真帆姉の件もきみなのかな。さあ、観念してそこから出ておいでよ」

高文がドアの辺りに声をかけると、来宮は目の玉が飛び出しそうなほどのびっくり顔で、背後のドアのほうを振り返った。

♡

耳をくっつけていたドアから顔を離し、私は愕然としていた。

バレた。

しかも高文に。

ドアの向こう。高文の口から最悪な言葉が飛び出してしまった。

突然すぎるタイミングで破局が訪れた。

何てことだ。
一番隠しておきたい人からの告発に、私はショックを隠しきれない。
何ということだろうか。大変なことになった。どうすればいい。
私は混乱した。
高文にだけは知られてはいけなかったのに。
私のハッピーエンドが。
幸せな物語の終幕が。
掌からこぼれ落ちていく。
めでたしめでたし、だったはずなのに。
すべて上手くいっていたのに。
全部、台無しだ。
しかも高文の言葉で。
大好きな高文の。
もう絶望的だ。
すべてがおしまいだ。
何もかも、もうどうでもいい。

頭がかっと熱を帯び、まともに思考が回らない。

こうなったら破れかぶれだ。

全部ぶち壊しにしてやる。

高文を殺して私も死んでやるんだ。それしかない。

いや、その前にもう一つやることがある。

私は部屋の隅に置いてあるバッグから、包丁を抜き出した。

それを片手に握り、ドアを開く。

リビングでは、高文と来宮美咲が向き合って座っている。

高文は厳しい顔つきになっていた。美咲は、ぽかんと放心した目でこっちを見ている。

「畜生っ、何もかも終わりだ。真帆子さんを殺すところまではせっかく上手くやったのに。こうなったらヤケだっ、みんな殺してやるっ」

耳障りなキンキン声が頭に響く。それが自分の口から発せられていることに、私はしばらく気がつきもしなかった。

包丁を腰だめに構えた。

「まずはお前からだっ、美咲。高文にべたべた纏《まと》わり付きやがって、目障りだったんだよっ。お前だけは絶対に殺してやるからなっ」

私の喉が、私の意に反して叫ぶ。ライブ本番でも出したことのない、熱情のこもった声だった。

突進しながら、私は包丁の刃先を突き出す。

♠

繰り出された刃先が来宮の体に届く寸前に、高文は反射的に動いていた。

来宮の襟首を摑んで、後ろに下がらせたのだ。というと聞こえがいいが、実際には二人揃って後方にひっくり返り、尻餅をついた形になっただけである。あまりいい格好ではない。とはいえ、初撃は避けることができた。

しかし、それで収まるはずがない。

ギコちゃんは何事か喚《わめ》き散らしながら、包丁を振り回し始める。やたらと長い刃物で、高文の目にはほとんど日本刀くらいに見える。

高文は来宮を体の下に庇《かば》い、狭いリビングを転げ回った。颯爽とは程遠い、わたわたとした見苦しい動きである。ローテーブルの脚に、何度も頭をぶつけた。

それでも奇跡的に刃物の攻撃はよけている。

床に転がる高文と来宮に、ギコちゃんがのしかかってきた。そして何度も、包丁を突き出す。

全身を使って来宮を押して転がしながら、高文も床の上でごろごろと回った。三人はもつれ合い、ばたばたとリビング中を這い回る。尻餅をついたままの体勢で後ずさり、横様に倒れ込み、床を転がる。忙《せわ》しない動きだ。

立ち上がるタイミングを完全に失っていた。来宮も同じらしかった。そこへギコちゃんがボディアタックみたいに全身で覆い被さってくる。手にはもちろん長尺の刃物。

ギコちゃんは奇声を発しながら、刃物を突き出してくる。刃先が電灯に照らされて、ぎとぎとと煌《きら》めく。床を転げながら見上げると、ギコちゃんの姿は逆光で影になり、さながらパニック映画の一場面のようだった。

高文は来宮をなるたけ後ろに庇って、じたばたともがき回る。その一瞬、左腕に雷に打たれたみたいな痺《しび》れが走った。

伸ばした左腕、肘の少し下の前腕部だ。そこに鋭い痛みがあった。

血液が空中に飛び散る。

来宮が悲鳴をあげた。

ああ、腕を切られたんだな、と頭のどこか冷静な部分で、他人事のように感じていた。

這いつくばって逃げようとしても、左腕が痺れて踏ん張りが利かない。血がだらだらと腕を流れる感触があり、長袖が見る見る赤く染まっていく。

高文が動けなくなったところへ、ギコちゃんが跨《また》がってきた。

「高文っ、一緒に死んでっ」

絶叫しながら、ギコちゃんは包丁を振りかぶる。

いかん、刺される。高文は焦った。しかし気持ちばかりが先走って、どうにもならない。左腕に力が入らず、動けないのだ。

ああ、やられる――と高文が思った瞬間、リビングに紺一色の服の一団が雪崩《なだ》れ込んで来た。

防刃服とヘルメット、フェイスシールドで完全防備の男達が五、六人。その背中には白抜きで〝警視庁〟の文字。

男達の手袋を嵌めた手が何本も伸び、ギコちゃんは高文の体の上から剝がされた。最初に手の包丁がもぎ取られ、そのまま揉みくちゃになってギコちゃんは防刃服の一団の中に埋もれていく。

それでもまだ何か喚いている。バンドのステージでもここまでの声は出したことがないだろうと思われる、凄まじい声量だった。

「確保っ」

「確保おっ」

防刃服の男達が口々に叫ぶ。

高文が半分顔を上げて見ると、リビングに入りきらない防護服達がさらに七、八人、部屋の廊下部分にぎちぎちに詰まっていた。

ぎゅうぎゅうになった廊下のヘルメット達の一人が、

「連れ出せっ、早くっ」

命令口調で怒鳴っている。

防護服の一団はギコちゃんを引き起こすと、囲い込むみたいにして廊下のほうへ引きずり出していく。集団の中心でギコちゃんは、まだ何事か叫んでいた。こっちを向いている。

美人が顔を歪めて喚き立てているのは、ひどく醜悪に見えた。

ギコちゃんの怒鳴り声は、そのまま廊下から玄関の外へと消えて行った。

高文は仰向けに倒れたまま、大きく息をついた。隣で、来宮もへたり込んでいる。

「体を起こせるか、座ったままでいい。壁に寄りかかって」

いつの間にか鷲津刑事が、傍らで屈み込んでいた。相変わらず、肉食系猫科動物みたいな目つきをしている。

鷲津刑事の肩を借り、高文は半身を起こすと、壁に上体を預けて座る。

「ケガをしたほうの手を上げて、心臓より高い位置に」

冷静な鷲津刑事の言葉に、高文は従った。

鷲津刑事は来宮を振り返り、

「ハサミはあるか、持ってきてくれ、急いで」

云われた来宮はあわあわと慌てながら、リビングの隅の棚からそれを取ってきた。

鷲津刑事はハサミを受け取ると、まったくためらいもせず高文のシャツの袖部分を切り始める。筒状になっているところを縦に切って開き、次に肩の部分で袖を外しにかかる。持っているシャツの中で一番高いやつなのに遠慮せずに切ってくれるよなあ、などと高文は、ぼんやりと考えていた。左腕が痺れるように痛む。

鷲津刑事は切った袖を捩って紐状にすると、高文の左肩の辺りをそれで縛った。

「応急処置だが、出血は抑えられる」

鷲津刑事は淡々とした口調で云う。その作業中、来宮はずっと、ケガをしていないほう

の右手を握り、

「大丈夫？　ねえ、高文、大丈夫なの」

と、涙ぐんでいた。来宮がこんなに動揺しているのを初めて見た。

「やはり俺が一人で先行したほうがよかったんじゃないのか」

鷲津刑事に云われた高文は、左腕を上げた姿勢のまま、

「すみません、見通しが甘かったみたいです。直接問いただせば諦めてくれるとばっかり。まさか刃傷沙汰になるとは」

「判ったからもう喋るな」

鷲津刑事に制止されても、脳内アドレナリンの分泌具合がおかしくなっているらしく、高文は自制できなくなっていた。

「刑事さんの云ってたように突入部隊が廊下に配置し終えるまで時間を稼いだつもりだったんですがね。三分でいいってことでしたから適当なことを喋り散らして三分は充分稼いだでしょう。その結果がこのザマなんですからみっともないったらないですけど」

鷲津刑事は高文の繰り言を無視して後ろを振り返り、

「救急車は？」

紺色の防刃服の一人が、

「今、来ました、下に」

「よし、担架、急げ」

「歩けますよ、僕」

力なく発した高文の言葉は、

「無理はするんじゃない」

鷲津刑事の厳しい口調に一蹴された。

救急車に乗るのは初体験だった。

ベッドが存外広いものなんだな、と高文は妙なところで感心していた。

鷲津刑事と来宮が付き添ってくれたが、むしろ二人が座っているベッド脇のスペースのほうが狭そうだ。

天井の電灯が眩しかった。

さすがに喋る気力も失せていた。

高揚感が落ち、脳内分泌物質も抜けてきたようで、左腕の痛みが鋭くなってくる。

おとなしく病院に運ばれるしかなかった。

病院に着くと、清潔な処置室で傷の手当てを受けた。

鷲津刑事はそこで抜けて、別の若い刑事が一人、来宮と共に付き添ってくれる。

手当ては簡単なものだった。

注射を打たれた後、何やらホチキスみたいな代物で傷口を縫い留められる。最近は、糸で縫うということをしないらしい。えっ、大丈夫なのか、それは文房具じゃなくてちゃんとした医療機器なんですよね、と高文が目を丸くしているうちに、消毒液やら何やら得体の知れない粘性のある薬品をこってりと塗られ、包帯でぐるぐる巻きにされてしまった。左腕だけ、怪奇ミイラ男みたいだ。

処置をしてくれた初老の医師は、

「傷は見た目より深くはないから心配せんでいい。神経も傷ついていないし。ただ、麻酔の注射が切れたら痛みが出るかもしれんな。化膿止めと頓服薬を出しておくから、それを飲んで寝てしまいたまえ。ああ、もちろん酒は当分厳禁だからね」

病院を出ても帰らせてもらえるわけではなかった。

若い刑事の運転で車に乗せられ、近くの警察署まで走った。

来宮と二人、そこへ連れて来られた。もう時間も遅いのに、医師に寝てろと云われた身なのに、それを配慮してくれる気はさらさらないらしかった。

通されたのは、広い会議室のような部屋だった。

以前、鷲津刑事と面談した千住東署の部屋とは比べものにならないほど、そこは広々としていた。

長テーブルがいくつも並んでいる。

高文はその一つを挟んで、鷺津刑事と向かい合わせに座った。来宮も隣に、いつものごとく助手然と納まる。

鷺津刑事の後ろには、二十人を超える刑事らしきスーツ姿の男達が集まっていた。さっきの防護服の一団とはまた違う面々なのだろう。椅子が机の隙間に入りきらないせいか、後列半分くらいの刑事は立ったままだった。刑事達は一様に、怖いくらい真剣な目つきをしていた。夜も遅いのにお元気なことである。皆、こっちを見ている。威圧感が凄い。

鷺津刑事が口を開く。

「伏見心菜はまだ興奮状態だが、一部供述が取れた。沢木高文くんとは結ばれる運命だそうだ。沢木くん、心当たりは？」

冷静な口調で尋ねられ、高文は慌てて首を横に振った。

「まったくありません」

どうでもいいけれど、ギコちゃんが本名で呼ばれるとそこはかとなく違和感がある。

「伏見心菜と交際していたわけではない？」

「もちろんです」

「頻繁に会っていた？」

「とんでもないです」

「では何回くらい？」

「二回、あ、いえ、三度ですね」

あたふたと答える高文に、鷲津刑事は矢継ぎ早に質問を飛ばしてくる。

「どこで？」

「最初は真帆姉の、いえ、志田真帆子のヨガレッスンの教室でした。体験入会コースの生徒役のサクラを頼んだんです。僕はビデオカメラの撮影係で、その教室で会ったのが初めてでした。二度目は、下北沢のライブハウスです。彼女のバンドが出ていたので、見に行きました」

「三度目は？」

「先週です。阿佐ヶ谷の焼き鳥屋さんで呑みました、短い時間ですけど。どの場面でも来宮さんも一緒でした」

高文がそう云って、隣に座る来宮に視線を向けると、来宮も無言でうなずいた。

鷲津刑事はそこで一旦質問を止め、淡々とした口調のままで、

「伏見心菜のスマホもざっと調べた。きみとの接点を示すやり取りは一切見つかっていな

い。メールもラインも、もちろん電話の履歴も。交際しているにしては不自然だ。どうやらきみの主張のほうが信憑性《しんぴょうせい》がありそうだな」

よかった、おかしな濡れ衣は着せられないで済みそうだ。高文はちょっと安堵する。

鷲津刑事はさらに、

「今日の昼、沢木くんから突然、犯人が判ったと電話があった時は驚いた。今夜、犯人と直接対決するからバックアップをお願いしたいと云われたが、正直俺にはまったく事情が判らない」

グチるように云う。来宮も刑事の援護射撃とばかりに、

「そうだよ、急にラインで『ギコちゃんは今部屋にいるか』とか聞いてきて、いるよって返信したらその二秒後にドアチャイムが鳴って押し入って来るんだもん。意味判んないよ」

少々お冠の様子で云った。まあ確かに、男友達が急に押しかけたと思ったらルームメイトが刃物振り回して殺す気満々に暴れ回った挙げ句、ケガ人は出るわ重装備の警官隊が部屋に突入してくるわで、来宮が憤慨するのも無理はないだろう。

「我々はきみの説明を求めている」

と、鷲津刑事は、居並ぶ二十数人の刑事達を代表するように、

「きちんと順序立てた、丁寧な説明を」

真顔でそう云われて、高文も覚悟を決めた。

ちゃんと話さないと、多分今夜は解放してもらえない。

しっかり説明しよう。

とはいうものの、この人数の刑事達を前にして講演まがいのことをするのは、口下手にとってはあまりにも荷が重い。緊張して、絶対にまともに喋れない。

だから高文は刑事達をとりあえず意識の外に追いやって、隣に座る来宮だけに話しかけるという態勢を取った。これならばかろうじて、舌が縺《もつ》れたりしないだろう。

「さて、どこから話したものかな。まず、ギコちゃんの犯行から解き明かしていこうか。熊渡さんも四条さんも、自宅近くで殺害されていたよね、ネットのニュースにそう載っていた。犯人は被害者二人の住所を知っていたんだ。つまり、被害者の個人情報を持っている者が犯人だと限定できる。だったら唄川さんが犯人かって話になるかもしれないけど、それは違う。さっき、きみのとこのリビングで話したように、唄川さんが犯人ならば二重尾行者候補なんて形で僕らに二人の名前を教えたりしないはずだよね。後で変に思われるから。では唄川さんが犯人でなくても、彼女のところから情報が洩れたりしていないか。これもどうやら考えられない。唄川さんは僕達に、熊渡さん達の個人情報を教えるのを躊躇していた。だから唄川さんが仲介して、相手が構わないと判断したら僕らに連絡を取るようワンクッション入れる手間を取ったりしただろう。そんな慎重な唄川さんが、友人の個人情報を他人に簡単に明かすとは思えない。だったらギコちゃんはどうやって二人の個人情報を入手したのか？　これが疑問点だね。そもそも二人の連絡先は、僕だって知らないんだ。来宮も住所までは知らないだろう。唯一判っているのはメールアドレスだけ。来宮のスマホに二人が送ってきたアドレスだけが、ただ一つ繋がっている線なんだ。でも逆に云えば、来宮のスマホが手元にありさえすれば、二人と連絡ができる道理になる」

回りくどい喋り方の高文に痺れを切らしたのか、来宮が尋ねてくる。

「けど、どうやって？　私のスマホなんてギコちゃん使えないでしょ」

そう、来宮の云う通りだ。大概スマホにはロックがかかっている。来宮はさらに云う。

「私が寝ている間にこっそりスマホを持ち出したとしても、ロックは解除できないよね。寝顔じゃ顔認証できないし、指紋だってどうやったって無理だよ。片手を布団から引きずり出されたら、さすがに私も目を覚ますもん」

「そう、しかしきみは長時間スマホを手放している時がある」

高文が云うと、来宮はきょとんとして、

「いつ？」

「お風呂だよ、長風呂だ。きみは毎晩、二時間半も風呂に入っている。タブレット端末は見るけれど、スマホは防水じゃないからバスルームには持ち込んでいないとも云ってたね。ということは二時間半もの間、スマホはきみの部屋かリビングルームに置きっ放しになっているということになる。ルームメイトのギコちゃんならいじり放題だ」

「でも、ロックはどうするの？　ロックがかかってたら何もできないよ」

来宮が再度聞いてくる。高文はうなずいて、

「そうだね、来宮の機種だと四桁のパスコードを突破しないといけない。普通に考えれば四桁の数字のランダムな組み合わせは一万通りある。そんな膨大な数をいちいち試してなんかいられない。そもそもスマホの認証パスコードは、何度か入力ミスをすると自動的にロックされる仕組みだからね、防犯のために。機種によっては十回連続で間違えると、データがすべて強制消去されるのもあるみたいだし。片っ端から試してみるというわけにはいかない。でも――」

と、高文は来宮のほうを見ながら、

「来宮のパスコードはお母さんの誕生日だったよね」

「えっ、何で知ってるの？」

「いや、前に教えてくれたじゃないか、大宮からの帰りの電車の中で」

高文が苦笑すると、釣られたのか来宮も少し笑って、

「そうだっけ。けど、セキュリティとしては強力でしょ。母の誕生日なんて、普通なら他人は知らないし」

「ところがそうでもない。前に云ってたね。ギコちゃんとの関係性と距離感の話をした時、ネイルの色を相談したり家族のバースデープレゼントを選ぶのに意見を聞いたりするって。プレゼントを選ぶ時期によって、お母さんの誕生日も類推できるんじゃないか。プレゼントを買いに行く日からも推定できるし、手渡す日は実家に行く、なんて話も出るだろう。雑談のついでに、明日にでもプレゼントを渡しに実家に寄ってくるよ、というような話になったら、それで誕生日はほぼ確定できる」

高文がそう説明すると、来宮は少し首を傾げて、

「でも、ギコちゃんはどうやって私のパスコードが母の誕生日だって知ったの？　私、教えた覚えなんてないよ。高文にうっかり洩らしたのも、何ていうか、その、信頼関係っていうか、そういうのがあったからこそだし」

「その点については後で詳しく話すよ。とにかくギコちゃんは、、、、とある方法でそれを知ったんだ。パスコードがお母さんの誕生日だって。それさえ判れば来宮のスマホは自由に使える。情報は漁り放題。誰とどんなメールのやり取りをしたか、ラインの内容はどうか、

通話履歴はどうなっているのか、すべて見ることができる」

高文が云うと、来宮は眉根を寄せ、

「うわあそりゃないよ」

と、嫌悪感を顕《あら》わにする。確かに、とんでもないプライバシーの侵害もあったものである。それに関しては同情するが、今はそれは置いておいて高文は説明を続ける。

「来宮がメールのやり取りをしたから、熊渡さんと四条さんのアドレスは判る。そのアドレスに何か口実を作ってメールを送って、相手の住所を聞き出すのも充分に可能だろう。来宮のスマホからのメールだ。向こうはメールの相手が来宮本人ではないなんて、少しも思わなかっただろうね。来宮の長風呂の時間は、確か夜の八時半頃から十一時頃だって云っていたよね。この時間帯は、普通の勤め人ならば自宅でくつろいで、スマホを手に取ることも多いだろう。返信がすぐに来ることが期待できる。そうやって住所をまんまと入手したら、その部分のやり取りは削除してしまえばいい。何もしていないフリでスマホを元の場所に戻しておけば、よもや来宮も勝手にスマホを悪用されたとは思わない、というわけだ」

と、ここで鷲津刑事が口を挟んできて、

「住所が割れればそこへ行って待ち伏せもできるし尾行もできる。そして殺害もできる。

それは納得した。しかし沢木くん、きみはどうやって伏見心菜が犯人だと目星を付けたんだ？」

「それは今からお話しします」

そう高文は答えてから、刑事達のために志田真帆子の親友、唄川みどりさんと会った時にどんな話をしたのか説明した。

ストーカー撃退法に二重尾行。そしてその候補者二人。

二十数名の刑事達は顔を見合わせて、ざわめき合う。それが収まるのを待ってから、高文は口を開いた。刑事達の代わりに、来宮に語りかける形で、

「さっきリビングで暴れた時、ギコちゃんは真帆姉を殺したと口走っていただろう。どうやら三つの事件は、繋がりのある一連の事件だったみたいだ。第一の事件が真帆姉の転落死、第二の事件が熊渡さんの刺殺、そして第三が四条さんの同じく刺殺事件だった」

上がらないように、隣の来宮だけに話すスタイルにしたのは、今のところ成功している。刑事達の爛々《らんらん》とした目を、見ないで喋ることができていた。

「このうち第一の事件の方法までは僕には判らない。これについてはこれから刑事さん達がギコちゃんから自供を取ってくれるだろう。専門家にお任せしておくとしよう。そして第二と第三の事件、こちらの方法は警察も把握しているはずだ」

高文の言葉に、鷲津刑事が解説をつけてくれて、

「後頭部を鈍器で殴打して転倒したところを刃物で刺している。腹部を複数回」

痛そうな殺し方だ、と高文はつい顔をしかめてしまうが、鷲津刑事は構わず、

「恐らく、先程押収した包丁が凶器と思われる。柄に血痕のような汚れがあった。沢木くんの腕の傷より前についた乾いた血だ。ＤＮＡ鑑定すれば、赤羽と烏山の事件で使用した物と判明するだろう。これだけで充分、公判を維持できる物証だ」

高文は、その鷲津刑事の鋭い目を見るのが怖いので、彼の胸元辺りに視線を泳がせながら、

「事件の順番から考えて、もしかすると二重尾行に危機感を抱いたのが動機かもしれませんね。これが三つの事件の繋がりだと思われます」

「でも、ちょっと待ってよ、高文、おかしいよ。だって二番目の事件の被害者は――」

来宮が異を唱えようとするのを、高文は、包帯が巻かれていないほうの右掌を上げて制して、

「疑問はよく判る。判るけど、それはちょっと後回しにしておいてくれないか。後から詳しく話すから」

と、来宮の疑義を一旦保留にしておくと、

「動機がその危機感だとすると、犯人は二重尾行の方法を知っていたと断言できる。そうでないと尾行者候補の熊渡さんと四条さんを殺そうという発想には至らないからね。この事件の被害者の共通点はそこしかないんだし。では、どうやって犯人は、この二人が候補だと知ったのか？　唄川さんから直接聞いたとも思えないね。さっきの個人情報の時と同じで、唄川さんが僕達との会話の内容をべらべら他人に喋るとも思えない。そんな必要はないんだからね。『真帆子の従弟に会ったから、二重尾行の候補者として熊渡翼さんと四条結花さんの名前を挙げておきましたよ』と第三者に話すシチュエーションなど、およそ考えられないだろう。そもそも唄川さんは今、喉の手術後で喋れないんだ。あまり複雑な内容の話はできない。ひょっとしたら真帆姉が生前、友人のどちらかにストーカー撃退法を頼んだかもしれない、なんて込み入った長い話をするのは難しいだろう。筆談したら手間がかかって仕方ない。雑談で出て来る内容とも到底思えない。だから唄川さんサイドから洩れたわけではないと推定できる」

と、高文は云う。さらに続けて、

「かといって、僕が誰かに喋る必然性もないだろう。『真帆姉の友人の唄川みどりさんに会って、こんな話を聞いてきたよ』なんて他人に報告する必要なんか、どこにもないんだから。僕はわざわざ喋ったりしていない。来宮だってそうだろう」

尋ねると、来宮はこっくりと一つうなずいて、

「うん、云ってない。私にだって云う必要なんかないし」

「そこでだ、来宮、今ここでそのバッグをひっくり返して、中身を全部ぶちまけてみてくれないか」

と、高文は、来宮の傍らに置いてあるバッグを指さした。例の何とかいうブランドで、来宮ご愛用の臙脂色の大きなトートバッグである。

「えっ、何で？」

突然の妙ちきりんな要求に、来宮はびっくりしている。当然の反応だが、高文は同情心を圧《お》し殺して、

「やってみれば判る、とても重要なことなんだ、頼むよ。絶対に必要なことだから」

と、懇願する。大勢の刑事達の目の前で私物をご開帳するのは、物凄く抵抗があるのは理解できる。女性にとっては尚更だ。しかし高文が、伊達や酔狂で頼んでいるのではないと判ったのか、刑事達からの、いいからさっさと云われた通りにしろよ、といわんばかりの無言のプレッシャーに負けたのか、来宮は覚悟を決めたらしく、バッグを引っ摑むと、

「えいっ」

と、思いっきりテーブルの上でひっくり返した。

雑多な品々がそこにぶちまけられる。大中小と三つの化粧ポーチ、財布、定期入れ、スマホ、モバイルバッテリー、充電ケーブル、イヤホン、キーホルダー、畳まれたエコバッグ、ハンドタオル、ウエットティッシュのパック、ハンドクリーム、スケジュール帳、目薬、名刺入れ、巾着袋に入った手鏡——等々。来宮のは変わった形の袋に入っているから奇異に見えるけれど、女性ならば手鏡の一つや二つバッグに常備していてもおかしくはないだろう。

「じゃ、来宮、手間かけさせて済まないんだけど、明らかに自分の持ち物だと判る物はバッグに戻してくれないか」

高文が云うと、来宮は明確に不満そうに、

「何それ、だったら最初っからこんなことさせなきゃいいじゃない」

むくれた膨れっ面で、渋々といった感じに高文の言葉に従った。というより、恥ずかしいから早く私物をしまいたい、という態度であった。

化粧ポーチ、財布、スマホ、定期入れ、と次々とバッグに戻していく来宮。しかし、テーブルの上の物が少なくなったところで、

「あれ？　何これ」

怪訝そうな様子で手が止まった。その視線の先には、黒い小さなスティック状の物があ

った。

金属製だろうか、スマホの四分の一ほどの大きさで、何かの機器らしい。ボタンやスイッチが表面にいくつかついているのも、目視で確認できる。

「何だろう、これ、私のじゃないよ」

来宮が無造作に手を伸ばしかけるのを、

「ちょい待ち、触らないで、指紋がつく」

と、高文は包帯のない右手を出して制した。

鷲津刑事も興味をそそられたらしく、

「何だね、これは」

身を乗り出してくる。高文は伸ばした右手を引っ込めながら、

「ＩＣレコーダーです。多分、長時間録音可能な高性能なものでしょうね。ギコちゃんはバンドをやっているから、こんな物を持ってたんだと思います」

後列で立ち並んでいた刑事達の中から、若い刑事が一歩進み出て、

「鷲津さん、これを」

と、何かを鷲津刑事に手渡している。どうやら証拠保全用のポリ袋らしい。鷲津刑事はボールペンを取り出し、その尻の部分を器用に動かしてＩＣレコーダーをつつき、ポリ袋

の中にそれを掬《すく》い入れた。

透明な小型のポリ袋に収納した機器を目の高さに掲げ、しげしげと見ながら鷲津刑事は、

「これで沢木くん達の会話を録音していたわけか」

高文はうなずいて、

「僕らの探偵活動の進捗状況が気になったんでしょうね。来宮のバッグにそれを仕込んだ理由としては、それしか考えられないでしょう。彼女はいつもこのバッグを持ち歩いています。そして中身を整頓するのがとても苦手でもあります。これくらい小さな物だったら、雑多な持ち物の中に紛れ込んでいても、持ち主は気付かなかったはずです」

「そんなのが入ってたなんて、私、全然知らなかった」

と、来宮が唖然としてつぶやくので、高文はそちらに向き直って、

「きみが整頓下手だと、ギコちゃんもよく判っていたんだよ。僕と一緒に探偵活動を始めた、ときみが何気なく云ったのをギコちゃんは聞き逃さなかった。それでレコーダーを仕込むことを思いついたんだろう。真帆姉を殺した証拠か何か発見されたら大変だ。それを警戒して、きみが帰宅してから自分の部屋にこもって音声を再生していたんだろうね。無駄な部分は飛ばして、必要なところだけを聞くのなら、そんなに時間もかからなかっただろうし」

「なるほどねえ、まんまとしてやられたってわけかぁ」

と、来宮が悔しそうに云う。高文はそれに構わず、

「レコーダーで毎日の探偵活動を追っていたんだから、当然、唄川さんと僕らが会った時の様子も、ギコちゃんは聞いていたわけだ。だから熊渡さんと四条さんのことも知っていた。僕にとっては逆だけどね。刺殺事件が相次いだことで、どうやら唄川さんとの会話を第三者が聞いているらしいと気がついた。そこでレコーダーが仕掛けられている可能性に思い至ったわけだ。あの日一日だけをピンポイントで盗み聞きしていたと考えるのは、さすがにタイミングがよすぎる。だからきっと、毎日連続して僕らの探偵活動を探っていたんだな、と勘付いたんだ」

「それは判ったけどさ、どうして私のバッグの中にあるって思ったの？」

来宮が首を傾げながら聞いてくるので、高文は答えて、

「最初は僕も、どうやって盗み聞きしているのか判らなかった。でも、あのティーラウンジを思い出してみてくれ。席と席の間が、ゆったりと取ってあったのを覚えてるかい。あれだと近くの席に座った何者かが、何食わぬ顔で聞き耳を立てて、僕らの会話を聞いていた、という状況は成り立たない。席同士に距離があったからね。では、唄川さんの側に盗聴器でも仕掛けられていたのか？　とも疑ったけど、それはないとすぐに判った。唄川さ

んは喉の手術の治療中で声が出せなかっただろう。そんな唄川さんに盗聴器やレコーダーという、音声だけを盗み聞きする機械を取り付けても無意味だからだ。そもそも唄川さんサイドからしたら、あの日は亡くなった親友の従弟に会いに行っただけなんだ。そこでどんな話が出るのか、第三者にあらかじめ予測できたはずがない。僕が『真帆姉は何者かに尾行されていたと云っていました』と相談を持ちかけるなんて判りっこない。亡くなった親友を偲ぶだけで話が終わっていた可能性のほうが、ずっと高かったわけだ。そんな唄川さんに、誰かが前もってレコーダーや盗聴器なんかを仕掛けていたとは、どうにも考えにくい道理だろう。といって、あのラウンジのテーブルに仕掛けてあったのかというと、これも可能性は低い。僕達がどの席に座るか、事前に知ることなんか誰にも不可能だからだ。そして僕も、盗聴器なんて仕掛けられた覚えはない。僕は荷物を持ち歩かないし、あの日も手ぶらだった。そう考えていくと、残りは来宮のバッグくらいしかないんだ。いつも持ち歩いている愛用のバッグ。そして持ち主は整頓下手。何かを仕掛けるにはこれほど打って付けの場所はないだろう。僕はそう睨んだ。だから今、バッグの中身をひっくり返してもらったんだ。見事、当たりだったろう」

高文が云うと、来宮が目をぱちくりさせながら、

「あ、それじゃスマホのパスコードが母の誕生日だってギコちゃんが知ったのも——」

「そう、電車の中での僕らの会話を聞いていたからだよ。ギコちゃんはどうやら僕に、えーと、何というか、並々ならぬ関心を持っていたみたいだから、女友達と何を話すのかも気になっていたんだろうね。だから事件の話題と直接関係ない電車内の雑談も聞いていたんだろうと思う。さっき云った、ある方法で、というのはレコーダーのことだったんだ」

高文が云うと、テーブルの向こうに座った鷲津刑事が興味深そうに、少し上体をこちらに傾けてきて、

「方法については理解できた。しかしこれまでの話だと、犯人が盗聴していると確証を持つまでには至らないんではないか。パスコードの件などは根拠としては弱い。沢木くん、きみはどういう理屈で盗聴されていると確信できたんだね」

「それは、第二の事件で起きた犯人の思い違いが理由でした」

と、高文は、刑事の胸元辺りをぼんやりと見ながら答える。

「ありましたね、大きな思い違いが。第二の赤羽の事件で殺されたのは、真帆姉や唄川さんの同級生の熊渡翼さんではなく、そ、その旦那さんの進一郎さんだった」

来宮が横から不思議そうに、

「そうそう、それが変だったのよね。だから私達の追ってる真帆子さんの線とは関係ないって思ったんだもん。ただの通り魔に巻き込まれただけだって」

鷲津刑事も、同意を表明し、

「その通りだ。熊渡翼本人が被害者ならばともかく、殺害されたのはそのご亭主の進一郎だった。沢木くんから電話があった時、俺が無関係な偶然だと判断したのも、それが理由だ」

その言葉にうなずきながら、高文は、

「ええ、僕も大いに混乱しました。熊渡進一郎氏が襲われたとニュースサイトで知って、最初はまったく関係ない同姓の他人かと思いました。しかし唄川さんにメールして、熊渡翼さんのご主人だと判明しました。ただ、それだけでは殺害の理由が、自分達が熊渡翼さんと会う約束をした件と関係があるのかどうかまでは判りません。それでとても戸惑ったのです。ところが二日後の、第三の事件の被害者はちゃんと四条結花さんだった。いや、ちゃんと、というのは不穏当でしたね、すみません」

と、一礼してから高文は、また来宮に話しかける楽なスタイルに切り替えて、

「犯人がストーカー撃退の二重尾行の候補者を殺して回っているのならば、第二の事件の被害者は熊渡翼さんのはずだった。しかし実際に殺害されたのは、旦那さんの熊渡進一郎さんだった。これは何が起こっているんだろうと、僕は考えた。頭が痛くなるほど考え抜いた結果、閃いたんだ。ひょっとしたら、第二の事件は、犯人が思い違いをしたんではな

いかと。進一郎さんと翼さんを取り違えたんじゃないだろうか、ってね。そうすればすべての出来事に整合性が取れるんだ」

「でも、奥さんと旦那さんを間違えるなんてことがあるの？　性別からして全然違うのに」

来宮のもっともな疑問に、高文は応えて、

「うん、だから今度は、どうしたらそんな思い違いが起きるのか、その可能性を考えた。あらゆる可能性を検討してみた結果、一つだけそれが起こり得るケースを思いついたんだ。犯人は、僕達と唄川さんの会談の様子を知っていた。ただし見ていたわけではない。耳で聞いていただけなんじゃなかろうか、と。ここで盗聴されているのではないかという確証を持ったわけです。その根拠を今からお話しします」

と、一時的に鷲津刑事に語りかけてから、高文は来宮に向き直って、

「あの時、唄川さんは筆談をしていたね。喋れない唄川さんは、タブレット端末を声の代わりに使っていた。そして、女子大の同級生の話題になったのを覚えているだろう。そこで前提として、その時の登場人物が全員女性だと、僕らは判っていた。当たり前だよね、女子大の話なんだから。だから当然、熊渡翼さんが女性であることも、大前提として理解していた。ところが考え抜いた結果、僕は気がついたんだ。聴覚だけに頼っていた場合、

思い違いが起こり得る可能性に」

と、高文は、来宮に説明を続ける。

「犯人は、仕掛けたレコーダーに唄川さんの声が入っていないのを不審に思ったかもしれない。でも、割と最初のほうで来宮が『喉、大丈夫なんですか』と尋ねていただろう。それで犯人も、対話の相手が筆談していると見抜いたんだと思う。しかし、そこに思い違いが生じる余地が多分にあったんだ。あの時、熊渡さんについて話している時に、僕と来宮が熊渡さんを評して何と云ったか、覚えているか」

「ええと、確か、頼もしいって云ってたと思う、高文が」

来宮が、記憶を辿っている様子で答える。それにうなずいて、高文は、

「そう、確かに云った。他にも柔道が強いという話をしたね。そして、男前、カッコいい、女の子にモテるタイプ、というようなことも云ったはずだ。でも僕達は熊渡さんが女性であると、特に言葉にして発していないはずなんだ。当たり前だよね、判りきった前提なんだから。そしてもちろん、唄川さんも筆談だから言葉を発していない。しかし、今のキーワードを並べた音声だけを聞いている場合、女性と男性を取り違える可能性が、充分にあることが判るだろう。特に、女子大の話をしているという前知識がなかったのなら、その可能性はぐっと高まる。男前、カッコいい、女子にモテる、柔道の選手――これらのキー

ワードを聴覚だけを頼りに頭に入れた犯人は、僕達が唄川さんの男友達の話をしていると思い込んでしまったのではないか、その可能性に僕は気付いたんです」

と、最後の一言からを鷲津刑事に向けて語りかけ、高文は、

「翼という名前は男性にも女性にも使われる名前ですね。来宮のスマホに来たメールでその字面だけを見た犯人は、先のキーワードの件もあって相手が男性だと信じ込んでしまったのです。住所を聞き出すのにメールでやり取りしても、文面だけのコミュニケーションでは、その思い込みは払拭できません。犯人はその流れで、赤羽のマンションからたまたま先に出て来た男性を、真帆姉や唄川さんの頼れる男友達の〝くまわたりつばさ氏〟だと決めつけてしまったわけです」

「あのマンション〝パレス・コスモ赤羽〟は、廊下に三輪車やベビーカーなどが置いてあったな。よく観察すれば、ファミリー向け物件だと判っただろうに」

という鷲津刑事の述懐を聞いて、高文は、

「見落としていたんでしょうね。〝くまわたりつばさ氏〟が男性であると信じ込んでいた犯人は先入観に囚われて、熊渡家が夫婦で住んでいるとは思わなかったのでしょう。そして最後まで思い違いに気付かずに〝くまわたりつばさ氏〟を殺害するに至った。この思い違いに犯人が気付いたのは、翌日朝のニュースだったわけです。ニュースでは、熊渡進一

郎氏が殺害されたと報道されていました。それまで表舞台に現れていなかった進一郎氏という名前がいきなり発生して、犯人もさぞかし驚いたことでしょうね。そして思い違いに気がついた。しかしもう取り返しはつきません。仕方なく、第三の四条結花さん殺害に着手するしかなかった。熊渡家は突然のご主人のご不幸に、葬儀やら何やらで当面ごたごたするでしょうから、しばらくの間は僕達も遠慮して接触することはないだろう。そう犯人は判断したと思われます。まさかご遺族の翼さんに、突撃面会をするほど非常識でもないでしょうから。そうこうするうちに転落事件は事故として確定してしまう。北千住の警察で会った時、刑事さんはそう云っていました。今月末には事故として処理されると。そうなれば犯人は安泰です。一度決定した案件は、ただの民間人の僕がどんなに騒いだところで覆ることはないでしょう。それが公的機関の常識ですからね。ああ、少し脱線しました。とにかくこれが僕が考え抜いた上で到達した、犯人の思い違いの真相です」

と、ここで一旦言葉を切ってから、高文はまた続ける。

「僕の推理は、男性と女性を取り違える可能性に思い至るところから始まりました。そこからスタートして、そんなカン違いが起きるにはどんなケースがあるだろうかと考えて、犯人が聴覚だけの情報を頼りに行動しているのではないかと、思い当たったのです。それには、来宮のバッグに盗聴器かレコーダーを仕掛けるしか方法がないと推定した。さらに、犯人が被害者二人の住所を特定するのにも、来宮のスマホを利用したとしか思えない状況があります。ここに至って、犯人になり得る条件を満たしている人物が一人しかいないことに、僕は気がついたのです。レコーダーは、何日もバッグに入れっ放しということはないでしょう。僕達の探偵活動を探るのが目的なのですから、その成果を確認するのにはほぼ毎日、取り出して内容を聞かなければなりません。そこでさらに考えました。来宮のバッグに毎日レコーダーを出し入れできる人物は誰か。そして、来宮の長風呂の間に、彼女のスマホを好きなだけ操作できる人物は誰か。そんな都合のいいことが可能なのは、来宮と一つ屋根の下に住むルームメイトしかあり得ない。そうして僕は、ギコちゃんこと伏見心菜さんが犯人だと看破できたのです」

長い話が終わった。

高文が黙ったので、刑事達もすべてを説明し切ったと悟ったのだろう。二人、また三人と、バラバラと会議室を出て行く。膨大な後始末が残っている。真剣な顔を寄せ合い、何事か相談しながらの退場だった。

刑事が全員いなくなった後、一人残った鷲津刑事も椅子から立ち上がり、

「遅くなったな、送って行こう。車を玄関に回してくる、待っていてくれ」

そう云って出て行くのを、高文は来宮と共に見送った。

大型の猫科肉食獣みたいなあの怖い目つきなのに、やはり意外と親切なのかもしれない。

ガランとしただだっ広い会議室に、来宮と二人だけ取り残された。

何となく、祭りの後みたいな寂寥感《せきりょうかん》があった。

椅子から立って鷲津刑事を見送った高文に、来宮はそっと身を寄せてきて、

「痛い？」

と、気遣わしげに聞いてくる。

「大丈夫、多分まだ麻酔が効いてるみたいだ」

高文が答えると、来宮はゆっくりとした動作で、ケガをしていない右手のほうを握ってきて、

「包丁、怖かったね」

「ああ」

高文は、短く応じる。

正直云うと滅茶苦茶恐ろしかった。しかしそれを正直に伝えるのもカッコ悪い。高文はそれ以上、何も云わないでおくことにした。

♠

あれから一ヶ月。

高文はおとなしく大学に通う毎日だった。

当初は連日のように警察に呼び出され事情聴取を受けていたけれど、近頃はそういうこともぱったりとなくなった。

左腕の傷も治った。あのホチキスみたいな器具はなかなか優れ物らしく、跡がほとんど残っていない。光の加減によって、うっすらと線が見えるかどうか程度になっている。

来宮とは連絡が取れなくなった。

ルームシェアしていた阿佐ヶ谷のマンションは引き払い、国分寺の実家に引きこもっているると聞いた。

十一月も末。

すっかり冬の装いになった新宿駅東口の広場に、高文は立っていた。巨大三毛猫の３Ｄビジョンが見える、横断歩道の近くである。

マフラーで、もこもこに着膨れした来宮が近づいてきた。久しぶりに待ち合わせをしたのだ。

「思ったよりマシな顔色してるじゃないか、もっとダダヘコみしてるかと思った」

高文が云うと、目の前で立ち止まった来宮は、

「お陰様でね」

と、肩をすくめる。本当は少しやつれているようにも見えたけれど、敢えて触れないでおく。

「ケガ、もういいの？」

来宮が聞いてくる。高文は左腕を上げ下げしながら、

「うん、完全復活」

「それはよかった」

と、そこで来宮は初めて笑顔を見せた。

高文も笑い返した。

気持ちがすっきりしていた。

以前のもやもやした、何かが胸につっかえていたみたいな気分は、すっかりなくなっていた。犯人が捕まったことで、真帆姉の死を現実として受け入れることができたような気がする。ようやく気持ちが晴れた。もちろん悲しみは癒えないが。

「何してた？　引きこもってるって噂だったけど」

高文が問うと、来宮はちょっとだけ顔をしかめて、

「謹慎、みたいな感じ、かな。ギコちゃんの本性、見抜けなかった自分のバカさ加減が情けなくってさ。宅配イートや早朝バイトとか、同じような境遇だったから勝手に仲間意識持ってたのに、あんな危ない人だと気付けなかったんだから、ホント間抜けだよね」

と、ため息混じりに来宮は、

「それに、私のスマホのせいで二人も人が殺されたわけだし、もう深く責任感じて、正直、大へコみしてた」

そんなことだろうと思った。

「でも、そういう考え方はよくない。来宮のせいじゃないよ。何でもかんでも自分のせいにしてたらキリがない」

「うん、私もそう開き直ることに決めたところ。一ヶ月かかって、ようやっとその境地まで這い上がったんだ。後悔はやめた。前進あるのみ」

「ああ、そのほうが来宮らしい。『迷ったらまず正面に進め、進めばそれが正しい道になる』とも云うし」

「うん、それね。いい格言だね」

「ところでこれ、どこの偉人の言葉だっけ？　聞いたことなかった気がするけど」

「へへへ、偉人っていうか、私」

「はあ？　来宮の？」

「そう、オリジナルの格言」

「なんだそりゃ」

と、高文は呆れ返って、

「そんなのは格言とは云わんぞ。きみ、これ、周囲の人みんなに広めてただろ、誰彼構わず」

「えへへへ、いい格言作ったからお裾分けしようと思って」

「いや、冷静に考えると、格言ってほど深くないな、語呂も全然よくないし」

「そんなことないよう、いい言葉じゃん」

と、来宮は笑って、

「ま、とにかく立ち直りました。ご心配をおかけして申し訳ない。ってことで、前と同じように、何になるか探すことにするよ」

「ああ、それがいい」

高文はうなずく。来宮の気分が上を向いたのなら、それでよしとしよう。

「あ、そうそう、まずは一つ見つけたよ、何になるか」

「へえ、何になるんだ？」

「前からずっと考えてたんだけどさ、とりあえず高文の彼女になってみようと思う」

意表を突かれて、高文は返事ができなかった。相変わらず、いきなり突拍子もないことを云い出すやつである。

「何だよ、その反応は。黙るなよう。照れるじゃんかよ」

来宮はそう云って、肘で脇腹をぐりぐりと押してくる。

どうでもいいけど、それはやめてほしい。くすぐったいから。

本書は書き下ろしです。
原稿枚数三〇九枚(四〇〇字詰め)。

装幀♠アルビレオ
装画♠おさかなゼリー

倉知 淳　KURACHI JUN

1962年静岡県生まれ。日本大学藝術学部演劇学科卒業。94年『日曜の夜は出たくない』で本格的に作家デビュー。2001年『壺中の天国』で第1回本格ミステリ大賞を受賞。主な作品に「猫丸先輩」シリーズ、『作家の人たち』『世界の望む静謐』『大雑把かつあやふやな怪盗の予告状－警察庁特殊例外事案専従捜査課事件ファイル』などがある。

恋する殺人者

2023年6月5日　第1刷発行

著者　倉知 淳

発行人　見城 徹

編集人　菊地朱雅子

発行所　株式会社 幻冬舎
〒151-0051 東京都渋谷区千駄ヶ谷4-9-7
電話：03(5411)6211(編集)　03(5411)6222(営業)
公式HP：https://www.gentosha.co.jp/

印刷・製本所　図書印刷株式会社

検印廃止

ISBN978-4-344-04117-2 C0093

この本に関するご意見・ご感想は、
下記アンケートフォームからお寄せください。
https://www.gentosha.co.jp/e/